纪五林◎著

迪特玛的眼泪

DITEMA DE YANLEI

时代出版传媒股份有限公司
安 徽 文 艺 出 版 社

图书在版编目(CIP)数据

迪特玛的眼泪/纪五林著. —合肥:安徽文艺出版社,2014.2
(2015.11 重印)
ISBN 978-7-5396-4807-1

Ⅰ. ①迪… Ⅱ. ①纪… Ⅲ. ①长篇小说-中国-当代
Ⅳ. ①I247.5

中国版本图书馆 CIP 数据核字(2013)第 2983423 号

出 版 人: 朱寒冬
责任编辑: 黄 佳 何 健 装帧设计: 许含章

出版发行: 时代出版传媒股份有限公司 www.press-mart.com
安徽文艺出版社 www.awpub.com
地 址: 合肥市翡翠路 1118 号 邮政编码: 230071
营 销 部: (0551) 63533889
印 制: 安徽新华印刷股份有限公司 (0551) 65859551

开本: 700×1000 1/16 印张: 16.5 字数: 190 千字
版次: 2014 年 2 月第 1 版 2015 年 11 月第 2 次印刷
定价: 29.80 元

目　录

序

晶夫

青年作家纪五林的长篇小说《迪特玛的眼泪》的出版，值得一贺。

2011年接读这部书稿，当时便让我小吃一惊。年仅23岁的作者仅凭二战历史上荷兰威斯特伯克集中营，定期将犹太囚犯通过铁路押送至欧洲其他的集中营进行屠杀，押囚列车也被形象地称为"死亡列车"的这一段史料作背景，创作出一部长篇，虽非空穴来风主观臆想，但这就能成为一部"活"起来的关于二战的新小说？

和当下大多数青少年作者热衷写快餐式的网络小说不同，纪五林选择了一个难度大而沉重的历史战争题材来写，实话实说，当时我是带着审慎甚至质疑的态度来品读的。然而，待两遍读过，我心头的乌云散去，晴空亮起，不禁为这部别样的小说击节叫好起来。

我的先乌云之后晴空，皆因二战。众所周知，仅西线战场，其史料浩如烟海。但就已面世的文学作品中小说而言，也是汗牛充栋。举凡国内读者较为熟悉的便有美国的《诺曼底登陆日》、《战争和回忆》、《战争风云》、《五号屠场》、《第二十二条军规》、《兄弟连》等，苏联的《这里的黎明静悄悄》、《青年近卫军》、《静静的顿河》等，此外如《辛德勒名单》、《铁皮鼓》、《蟹行》也广为人知。尤以1959年，《第三帝国的兴亡——纳粹德国史》甫一面世，便成为全世界最畅销的反映纳粹德国历史的巨著，作者威廉·夏伊勒，生于美国，是著名的驻外特派记者、新闻分析员与世界现代史学家。小说精美绝伦地记述了被希特勒称为“千秋帝国”而实际上只存在了十二年的第三帝国从兴起到覆灭的全过程。不可一世的第三帝国在人类历史上制造了惨绝人寰的灾难，留下了一段惊心动魄的历史……

二战，使六千万无辜的生命死于非命，经历战争惨剧的人们，在难以抚平精神创伤中开始对在战争冲突下关于生命意义的反思。我认为以往二战题材关于西线战事的小说，具有世界影响力的主要集中在苏联和美国两大作家群体和其作品数量上。总体上讲，前者高扬英雄主义、爱国为家情操、民族精神，主题格调呈现激情与高昂；后者则淡化英雄主义和爱国主义，力写战争的残酷和人性的异化，主题格调呈现出冷峻与低沉。而在东线，以中华民族反日本法西斯为主体力量，八年抗战浴血奋战，涌现出我们熟悉并深受教育的小说如《烈火金刚》、《苦菜花》、《敌后武工队》、《野火春风斗古城》、《荷花淀》、《长江万里图》等。其作品格调基本上接近苏联：强扬民族精神，爱国主义。

二战的硝烟迄今散去近七十年，文学上关于二战题材的作品却一直在悄然生息，风格也日呈多样化。当没有亲历战争的新一代作家崛起，凭借高学历和发达的资讯以及强大的媒体，他们拥有了比前辈作家更多更广更深的关于二战的文献资料和文学作品与理论作品的支撑，力图创作出迥异于前辈的关于二战的作品来。从这个角度来看，纪五林这一新生代作家的创作、探索及挑战，很值得玩味。我在读完《迪》后，与作者有过几次深谈，主旨聚焦“人性主题”。当代人，已经不能满足于在小说中观摩、学习、领略那场关于战争的历史真相的纪实描绘、宏大主题的叙事和残酷、激战情节的推演——老实说，这一切，前辈作家在作品中几乎已达到登峰造极的境地。当代作者，绝大多数是氤氲在和平、幸福、博爱的氛围之中的新一代，描绘战争中灵与肉的厮杀、坦露人性与兽性的异化，剖析在战争梦魇中人性的扭曲、创伤和再造，成为当下新锐作家的灵魂拷问。关于此方面，纪五林的探索和创作，很有开拓性的意义。

作者的父亲，是一名曾参加对越自卫反击战的战地记者，对战争的惨烈有切肤之感，小纪读小学、初中时就听父亲讲过许多关于现代局部战争的故事。这对于一个孩子来说，未免太过沉重，甚至说这可能是他童年的一个噩梦。但抛开那段往事，可以肯定的是，这一切都为纪五林后来执着于这部作品的创作起到了先导的作用。

关于《迪》的具体解读和评述，我在此就不展开了，相信读者心头自有一杆评品的秤。最后我想强调的是，如今在西线，除德国朝野对二战历史有相当的反省意识为世人认可之外，在整个欧洲，纳粹分子的阴魂仍在各个角落时隐时现，着实为爱好和平者担忧；而在东线，日本当局特别是一批极右分子压根儿就无视《开罗宣言》和《波茨坦公告》，公然践踏二战成果，对历史毫无反省之意，反倒一再挑起国际纷争，这更加要求我们擦亮眼睛，担起警惕军国主义再起的历史重任。

基于这种国际背景，《迪》的适时出版，于关心家事、国事、天下事的读者来说，是一桩大好消息。

2012年10月写于绩溪县文艺创研室

（晶夫，中国音乐家协会会员、安徽省作家协会会员，曾担任电视剧《飘洋的爱》的编剧，中国音乐电视《天上的西藏》的作曲，出版了小说散文选集《走在彩虹上》、音乐作品选集《彩虹飘过皖东南》以及盒带专辑《梦笔生花》等。）

自　序

从我开始写《迪特玛的眼泪》的那天起，这样的对话就一直在重复。

“你最近在做什么，和失踪了一样。”

“我在写小说。”

“哦，不错啊。在写什么呢？”

“战争。”

“战争？可是我们又没有经历过，你能写得好吗？”

“我不知道。”

很多朋友在得知我写战争题材的小说时，都表示了不解和担心。确实，我们离战争很远很远了，停留在脑海中的战争能够感动身边的人们？

我们这一代人生活在幸福的和平年代，可是我们却不缺乏了解战争的途径。小说、电影、回忆录，这些东西都可以将我们带回那个硝烟漫天、生灵涂炭的年代。其实，谁都可以去写战争，问题是你思考的角度是什么，关注的东西又是什么。

我们没有经历战争，但是我们都经历了生活。谁都会觉得自己的生活是一部小说，谁都会觉得自己的生活中有喜怒哀乐。可是，当我们看到那些战争图片的时候，当我们看到那些成堆的、冰冷的尸体的时候，我们有没有想过，这些逝去的生命，他们曾经有过许许多多的故事，他们的一生原本可以是一部更长的小说。在战争里，生命就等同于一颗子弹，甚至是一个签名。无论你是一个心地多么善良的女孩，还是一个作恶多端的坏蛋，在战争里，大家都是平等的，一切都是为了活着，活到可以安静生活的那天。

不去写战场，因为我并不了解战场。我不懂枪械、不懂军队的编制，甚至不想去关注战争的历史。但是，我会思考那些战争里的人们，他们的过去是怎样的。他们拥有的是我们耳熟能详的生活经历：衣、食、住、行；妻子、儿女、父母、兄弟姐妹；对生命的思考、对过去的回忆。并不是所有的人生来就在战争的环境里，那么你们的过去又是怎么样的？美好的童年、甜蜜的爱情、幸福的生活，这些看似温馨的回忆却会给那些身处战争中的人们最大的痛苦。而即使那些幸存下来的人们，他们心中的伤痕也是这辈子无法被抹去的。他们可以更加珍惜现在的生活，却无法不去回忆痛苦的过去，失去的亲人、朋友，身上的弹痕、刀伤，换做是我们，我们会怎样面对？

倘使，是我在那样的环境下，我会做什么，我为什么这样去做。我会为了生存不择手段，还是会为了朋友、家人去牺牲自己，再或者我会成为一个冷血的看客，习惯在这样的环境里自暴自弃？

写《迪特玛的眼泪》的日子，一直是在痛苦里度过的。算算从去年的10月1号起到今年1月3号的修改完稿，我用了95天写了十万余字，其实每天完成的篇幅也才不过1000字。因为，时常选择逃避，写到杀戮的场景时，会恐惧，写到主人公的回忆时会悲伤、会惋惜。曾经多次停笔，不是没有灵感写不出来，而是因为不想把很多的不幸实现在自己的笔下。

《迪特玛的眼泪》的完成对于我来说，本身就已经是一种成功。我还原了我心中的战争，我尝试了一种独特的视角，我也证明了我一直都在思考。我的父亲，曾经亲身经历了战争，记录了战争，可是对于我们这一代来说，只能去思考战争。当然，这也是我们的幸运所在。这世界上，仍然存在战乱，存在人性的迷失，存在生命瞬间的消逝。所以，我们在继续自己生活的同时，不能让我们的心停止思索的脚步。

与“迪特玛”同行的日子已经结束，一切恢复了平静。就像今晚，找了一位久违了的朋友聊了很久，没有聊小说，而是聊起我们刚刚告别的大学生活。

生活可以继续，真的很好，不是吗？

第一章 旅途

连下三天的暴雨终于停止，乌云渐渐散去，久违的太阳选择在接近黄昏的时候露出它短暂的愁容。长长的车队行驶在蜿蜒的山间泥路上，弗兰克坐在最后一辆卡车上，用破旧的、散发着异味的毛毯裹紧自己的身躯。夕阳透射过他的双眼，可他的眼中依然无神，依然灰暗。

一、夜 幕

连下三天的暴雨终于停止，乌云渐渐散去，久违的太阳选择在接近黄昏的时候露出它短暂的愁容。长长的车队行驶在蜿蜒的山间泥路上，弗兰克坐在最后一辆卡车上，用破旧的、散发着异味的毛毯裹紧自己的身躯。夕阳透射过他的双眼，可他的眼中依然无神，依然灰暗。

汽车轮胎在泥地上拼命地旋转，留下的是一道道杂乱的车印。雨水顺着这些“沟壑”肆意汇集成一个个水坑，水坑又肆意地反射着夕阳的余晖，满眼全是红色，红泥、红色的山丘、红色的夕阳还有红色的水……这情景像极了弗兰克心中最惨痛的那段回忆。

“这该死的红色。”弗兰克扭了扭身，闭上双眼，用毛毯把自己的头给蒙住。

卡车的车厢里挤满了人，有老人，有妇女，当然也少不了荷枪实弹的士兵。所有的人都沉默着，那些犹太人沉默着，因为他们不知道自己下一步的命运将是什么；德国士兵沉默着，因为他们不屑和这些“劣等人种”交谈。

由于寒冷，人们口中呼出的气清晰可见，车厢内到处“雾气腾腾”，拥挤的场面很容易让人联想到这是犹太人的新年聚会。只可惜，这个“聚会”安静得可怕，更何况还有几个头戴钢盔手握冲锋枪的人不知趣的打扰。

时间在沉默中一分一秒地过去，大家还是保持着自己的姿势，没有人愿意去动自己的身子，此时此刻不安分的只能是内心。

暮色渐渐降临，引路车停了下来，随即整个车队都停了下来。德国军官下达了休息的命令，可所有的人还是保持着原来的姿势，没有人下车，忙碌的只是那些德国士兵。

朦胧中有人踢了踢弗兰克的脚，弗兰克会意地伸出双脚。他的脚和另一个犹太人锁在了一起，这是德国军人为了防止囚犯在夜间逃跑的惯用伎俩。弗兰克闭着眼睛感受着这一切，不是享受而是习惯，他甚至没有力气去看看和他锁在一起的是谁，因为他知道，像他这样身强力壮的年轻人是肯定会和那些老人或者妇女绑在一起的。

“其实绑与不绑又有什么区别？在这个世界里，到哪都是死亡，怎么逃也逃不过那飞快的子弹。”弗兰克心里默想着，把身子蜷在一起。

车外，德国士兵用补给车上的干柴架起了火堆，到处都是皮靴踩在泥地上的声音，到处都是火苗蹿动的噼啪声。车内，仍旧是一片寂静。

“我们走了多少天了？”一个苍老的声音在弗兰克的耳边响起。已经习惯了安静的弗兰克被这不算太大的声音震了一下，他用双手撑开盖在头上的毛毯，微微地睁开眼睛。说话的是和弗兰克绑在一起的一个老人，他是这车上年纪最大的囚犯。

弗兰克揉了揉眼睛说:“不知道,没有人会在意。”

“已经是第六天了。”老人挨着车厢躺下,他的头正好靠在弗兰克的背上。

“哦,六天。”弗兰克原本就弯着的背,因为老人身体的挤压越发变形。他忍着背部的不适,没有表现出驱赶老人的意思。

“你知道我们这是要去哪?”老人问道。

“不知道,反正前面的路不会很好走。”弗兰克似乎已经有点不耐烦了。

“你有妻子儿女吗?”

“有过。”

“哦,和我一样,我也有过。”

两人陷入了沉默。

天色渐渐暗了下来,无云的天空中也渐渐可以看到繁星的闪烁。火堆的光亮照在车子上,忽明忽暗。弗兰克呆呆地望着天空,火光的温暖并没有改变他,他的眼中依然无神。

“吃饭了!”一个德国士兵走到弗兰克他们的车前。这名士兵解开了靠近车门的两名妇女的绳子,示意她们去给车上的囚犯们发放食物。

这两名妇女踉跄着走到补给车前,德国士兵丢给她们一些黑色的面包,这些面包都是德国军队厨房里烹饪失败的产物,又或者是因为反复加热留下了黑色的痕迹。妇女回到车上后又马上被绑了起来,面包被丢在车厢的中央。不会出现哄抢的画面,不是不饿,而是这面包实在难以下咽。

弗兰克是今天晚上第一个去拿面包的人,他不在意食物的味道,在他看来,能够生存比什么都好。

“吃一点吧。”弗兰克递给他身边的老人一片面包。老人摆摆手，示意弗兰克自己吃。

“这好像是你这一路上第一次主动讲话。”老人笑了笑。

“没有什么好说的，没有什么好问的。”弗兰克一边慢慢地嚼着面包一边说。

“你也是在慕尼黑被捕的吗？我记得你是后来才被关进监狱的。”老人直起了上半身。

“我是在城外被捕的，当时，我和我的家人在一起。”弗兰克拿着食物的手停在了空中。

“也就是那个时候，你的家人……”老人摸摸自己的右脸颊，表示自己说错了话。

“她们被烧死了。当时那个小村子里住了很多像我们这样的犹太人，军队来了之后开始到处抓人，到处杀人，我把我的妻子和女儿藏到了二楼的一个箱子里。我原以为这样可以逃过的。”弗兰克顿了顿，又开始咀嚼嘴里的食物，但他的眼中有些湿润。

“这群狗杂种。”老人啐了一口唾沫。

这里几乎每个人都失去了亲人，听到弗兰克和老人的对话，车厢里渐渐响起低低抽泣的声音。

“不知道他们要把我们送到哪里去，走了这么远的路，还没到吗？”老人问道。

“我们不会很快死的，他们费了这么大力气把我们送走，肯定是有目的。”弗兰克抖了抖身上的面包屑，“但是可以肯定的是，我们不会有好日子过。”

“我叫奥马尔，是个剧作家。”老人伸出了他的手。

“我叫弗兰克，是个泥瓦匠。”弗兰克握住了老人的手。

奥马尔看看车外的星空，“明天应该会是晴天。”

“这和我们又有什么关系呢？”弗兰克苦笑着。

车外，火苗依然在蹿动。黑夜里，这个山谷是最亮的地方，却也是最黑暗的一角。

二、信　仰

第七天。

一夜的沉睡，让弗兰克觉得有些头晕，车厢里的人并没有醒来的迹象。如果不是因为弗兰克蜷缩的睡姿导致了心脏被压迫，他也许不会这么早醒来。在这个牢笼里，逃避现实最好的方式就是沉睡。

“你醒了？”一个声音响起。

弗兰克挠挠头，转身才发现刚才闭着眼睛的奥马尔其实一直都醒着。

“你在做什么？”弗兰克顿了顿，突然意识到此时的奥马尔应该是在祈祷。

“你有多久没有祈祷过了？”奥马尔问。

弗兰克把头靠在车厢上，摸了摸布满胡子的两腮，“很久了，记不清了。”

“怎么？你放弃了信仰，放弃了上帝？”奥马尔问。

“不，是上帝放弃了我们！”弗兰克苦笑着。

“你会奇怪我还按照我们的仪式在祈祷，在这个肮脏的牢笼里？”奥马尔也笑了。

“你总不会告诉我，现在的情况又是上帝给我们的一个考验吧？”弗兰克看着奥马尔，“够了，我想我们已经受够了，我们一直在流浪，我们根本没有自己的家园，我们只是被丢来丢去的垃圾。”

“我想你误会我的意思了。”奥马尔拍了拍弗兰克的肩膀，“放松点，年轻人，我想我现在祈祷和你昨天愿意吃那么难以下咽的面包是一样的原因。”

“什么原因？”弗兰克问道。

奥马尔笑而不答。

“现在的祈祷又有什么用？”弗兰克低下头，看着脖子上戴着的项链。

“对，你们不应该祈祷，但是我不一样。”老人看着车厢外的天空，“我老了，但你们还年轻。”

“什么意思？”弗兰克有些疑惑。

“你愿意吃那么难以下咽的面包是为了什么？”奥马尔拍着弗兰克的肩膀问。

“生存，我别无选择。”

“没错，生存，那么你现在的信仰是什么？”

“我自己，我只能靠自己活下去。”

“很好，年轻人，你和这里的其他人不一样，你应该坚守自己的信念。”奥马尔笑了笑，“多问一句，恐怕你经历的不仅仅是失去妻子女儿吧？”

“为什么这样问？”弗兰克一怔。

“因为仅仅这个打击，大多数人只会消沉，而不是振作起来。这里的人都很消沉，但是你不一样，你走了出来。你变得很坚强，这不像是一个几天前刚失去妻儿的状态，恐怕……”

“我的父母，”弗兰克顿了顿，“还有我的朋友，都死在了我的面前。”

奥马尔听到这些，沉默不语。

“你知道，人有时候真的很无力，你看着身边的人一个一个地离开，却没有办法去救他们。”

“而最可怕的就是，你们曾经拥有过美好的回忆。”奥马尔接着说。

“是啊，想起以前，真让人无奈。”

“所以，你明白了生命的无力，所以你一次次走出来，才会坚强。”

弗兰克摇摇头，刚想说话，却被奥马尔制止。

“你不用否认，其实我从登上这车的那天起就一直在观察，你是这里唯一表现出坚强的人。”

“难道你不够坚强？能够这样冷静的人，一样不简单。”弗兰克对着奥马尔笑了笑。

“我？我和你不一样。”

“是吗？对了，你刚才说你的祈祷和我吃面包是一样的道理，那么，你在祈祷什么呢？”

“我已经老了。”奥马尔说。

“喂喂喂，这话你已经说过了，你真啰唆。”弗兰克挠了挠头，轻微的一个玩笑让气氛变得轻松了些。当然，在这样的环境下，再小的玩笑都是一种对死亡的不屑。

“听我说,年轻人。安静点,别嫌我啰唆。”奥马尔示意弗兰克安静,他略带微笑的脸颊又回到了僵硬的状态,“在这场浩劫面前,我们别无选择。在这场浩劫面前,我们根本没有上帝。就像你说的,我们必须要靠自己。我也经历了很多,我一样失去了很多亲人,我也不明白为什么我会在这里。当然,我也坚强。但孩子,我的坚强和你的并不一样。”

弗兰克盯着眼前这个老人,目不转睛。

“我老了,我不能用和你们一样的方式来对待命运。即使,即使现在就让我死去,我已经活得够久了,我已经把足够多美好的东西塞在了这里。”奥马尔指了指自己的头,“但你还不够,你的生命才刚刚开始,你必须向前看,必须活下去,活到可以安静生活的那天。”

“那你呢?你的选择又是什么?”弗兰克问。

“我已经到了按秒度日的时候了,这是个回忆过去的年纪。”奥马尔挪了挪自己的身子,以便可以更靠近弗兰克的耳朵,他可不想吵醒那些同胞们的美梦。

“那么,你的祈祷?”

“哦,那只是我和我自己的对话,我尽可能地去回忆那些美好的过往,尽可能保持我内心的平静。不用去悲观什么,恐惧未知的未来,倒不如活在美丽的过去。”老人握住了弗兰克的手,“但你不一样,你不能活在过去,你还有很多事情没有做完,不是吗?至少你得想办法把自己的生命延续到你觉得可以结束的时候。”

“你是先知吗?”弗兰克笑了笑,也握住了奥马尔的手。

“不,我只是一个普通的老人。活下去,弗兰克!”

“可我们不知道未来是什么。”

“活下去,找寻一切机会。这世界的每一次浩劫总会过去,而活下来的人就可以安心地生活。可惜,我没有机会看到那一天了。”

“你不能轻视自己的生命,老兄弟。”弗兰克开始用调侃岔开老人的“乌鸦嘴”。

“不会的,上帝是怎么教我们的?”奥马尔问道。

“尊重自己的生命!”两人异口同声,随即笑了起来。

“吵什么?”这时车厢外,来了几个德国士兵。弗兰克和奥马尔马上老实得像个孩子,低下了头。

汽车缓缓开动,第七天的“旅程”,又开始了。

三、破碎的坚强——奥马尔

清晨，阳光洒进了小阁楼，风吹着窗帘，夹杂着几片落叶。桌上摆放整齐的书，也被风吹了起来。

奥马尔伏在桌子上，照在他头发上的阳光让他因不适而醒了过来。奥马尔摸了摸还在嗡嗡作响的头，随即合上了在他面前摆放的书。

仆人艾丽娅听到楼上的动静后匆匆地跑了上来，此时奥马尔已经起身，站在了窗前。艾丽娅收拾了一下桌子，拿着昨夜她披在奥马尔身上的外套，站在桌子旁。

“先生，昨晚您又熬通宵了，您这样对身体的影响太大了，您应该学着适当控制下了。”艾丽娅关切地说道。艾丽娅似乎已经习惯了在夜里走到已经熟睡的奥马尔先生身边，给他披上外套，她不知道这是第几次提醒待她如亲生女儿的奥马尔先生要注意身体了，虽然她也知道，这样的劝告只是徒劳。

“艾丽娅，我也想好好保重自己的身体，可是，上帝留给我的时间已经不多了。”奥马尔望着楼下渐渐喧嚣的城市，“我还有很多事没有完成呢。”

艾丽娅咬了咬嘴唇，转身准备下楼为奥马尔端洗漱水。

“艾丽娅，”奥马尔叫住了她，“谢谢，谢谢你对我这老头子不离不弃。”

“哦，上帝！先生，您肯收留我，我已经很感激了，是您让我还能活着。”艾丽娅正准备说下去，突然她发现奥马尔的表情非常哀伤，她意识到奥马尔先生一定是想起了他那不成器的儿子了。

“先生，别想了，我去给您端点水来吧。”艾丽娅走到了奥马尔的身边。

“嗯，你去吧。”奥马尔微微点头。

艾丽娅下楼后，奥马尔独自走到自己的书架旁，书架上摆放的照片里，他离世的妻子正在对着他微笑。奥马尔也笑了笑，开始用手擦拭相框。摆好相框后，他开始整理昨夜被他弄乱的书架。他是不允许艾丽娅碰他的书架的，倒不是因为他的书珍贵，而是因为被艾丽娅整理后的书架常常让他找不到自己想要的书。

啪的一声，一沓纸掉落在地上。奥马尔弯腰捡起那堆纸翻看着，那是他以前和妻子相隔在两个城市时互通的信件。在一封信里，奥马尔看到了一张照片，那是他们的儿子刚出生不久时的照片。奥马尔拿着照片，手微微颤抖，这个生命曾经带给他无限的喜悦，但现在，他是奥马尔心中一个永远的痛。

奥马尔的妻子南茜是富商的女儿，她和奥马尔的结合完全是不符合世俗的眼光的，因为那时候的奥马尔只是一个刚到慕尼黑的落魄作家。当时，常在剧院走动的南茜被奥马尔的才气打动，于是不顾一切地资助奥马尔进行创作。南茜的父母一直都只以为这只是南茜的好学之心发作了，所以并不反对她和奥马尔常在一起探讨剧本。直到后来，南茜开始拒绝和其他富商的儿子接触时，南茜的父母才发现事情不对劲。他们开始限制南茜的出门次数，还派人狠狠地揍了奥马尔一顿。适逢奥马尔的剧本在慕尼黑取得了空前的成功，迫于舆论的压力和奥马尔身份的改变，南茜的父母最终同意了女儿和奥马尔的婚事。

相对其他那些贫富不等的爱情来说，奥马尔是幸运的，因为他们并没有感受到太长时间的相思之苦，而奥马尔也常对南茜调侃道："只用一次挨揍就能和心爱的南茜走到一起，我已经很划得来了。"

结婚后的第二年，他们生下了儿子奥瑞，那时候奥马尔正在柏林进修戏剧创作。于是他们常常通过书信联络，而那些信也就成为了奥马尔晚年最珍爱的东西。

奥瑞的童年快乐得让人羡慕，他有着世界上最善解人意、最尊重孩子的父母，同时他还拥有财富。他从不会受到任何约束，也不会受到父母的打骂，但这也让他的个性任意发展。奥瑞 15 岁之后，成了一个不折不扣的纨绔子弟，开始混迹于各大赌场和烟花场所，挥金如土，家里的一切都悄悄发生着改变。奥瑞 30 岁那年，依旧一事无成，而就在这年，南茜得了重病卧病在床。奥瑞在南茜最后的日子回到家，夜以继日地守护着母亲，但他在母亲弥留之际骗母亲签了一份遗嘱，把属于他外公的房产和田地全部骗到了手。其实，奥瑞明白这些东西早晚都是他的，但是奢华、入不敷出的生活让他等不及父亲也闭眼的那天，他需要掌控自己的生活。

南茜下葬后的第三天，奥瑞输掉了房子。那一天，奥马尔在很多人的注视下离开了自己和南茜的爱巢，能带走的只有自己的书籍和南茜的照片。

由于进入了戏剧创作的灵感枯竭期，奥马尔写出的剧本越来越不叫座，于是他只能接受犹太教会一份编撰历史的工作，聊以度日。60 岁那年，他和在贫民窟收养的女孩艾丽娅搬到了市区边的一个小木屋，开始静心编写历史书。

奥马尔十分想念自己的儿子——那个花天酒地的奥瑞，但是他又痛恨儿子的所作所为。奥马尔时常一个人在阁楼上对着南茜的照片喃喃自语："我们的善良让我们走到了一起，我们的善良让我们的孩子和我们越走越远。"

1933 年，整个欧洲的犹太人已经开始处于危险的境地。在德国，警察开始大肆搜捕犹太人，并以各种理由把他们处死或监禁。

在慕尼黑的小木屋里，奥马尔在惶恐中度日，他开始每天为同胞和自己的命运祈祷。

一天早上，奥马尔如往常一样在看书，这时一个久违的声音传到了他的耳朵里。

"爸爸，是我，奥瑞。我回来了，我还带来了朋友。"奥瑞招呼着身边的朋友走进了小屋，上前阻挡的艾丽娅被奥瑞一把推开。

"你来做什么？这里已经没有什么东西值得你来了。"奥马尔披上衣服走了下来。当他的视线可以看到楼下的一切时，他惊住了，吃惊不是因为他那不成器的儿子，而是奥瑞带来的朋友竟然是纳粹军官。

"爸爸，您火气别这么大行不？我很久没见您了，好歹我也是您的儿子。"奥瑞走到桌边坐下，点上了一支烟。

“奥瑞先生，我很感谢您的来访，但这里实在是不欢迎您。”奥马尔接道。

“得了得了，我早知道是这样，每次都是这样。我今天是有事找你，别的废话不想多说……”

“你是奥马尔？”还没等奥瑞接话，纳粹军官说话了。

“他带你来的，你还怀疑吗？”奥马尔显然因为纳粹最近的所作所为而变得对日耳曼人特别是军人毫无好感。

“果然是个刺儿头，你一点也没说错。”纳粹军官对奥瑞说。

“你们来找我有什么事吗？”奥马尔冷冷地说。

“爸爸，是好事，军队想请你去帮他们写东西。”奥瑞坐在椅子上摇了摇。

“是、是请我？”奥马尔是绝对不会相信纳粹安了什么好心的。

“对，是请，但是如果奥马尔先生不配合的话，那么就是……”纳粹军官冷笑了一声。

“要我做什么？”奥马尔问道。

“做什么，由不得你，你也不用多问，带走！”纳粹军官对下属下了命令，两个士兵马上架住了奥马尔，“你们记得把奥马尔先生所有的书都带回去，好让奥马尔先生继续研究。”一对士兵开始在屋内翻箱倒柜，另一队冲上了阁楼。

“别碰我的书！”奥马尔吼道。

“你很有骨气，不过你搞不懂状况吧！现在你的书只有两种选择。要么被烧掉，要么带走，你可以选择！”纳粹军官整了整自己的衣领。

“你们这群没有心的野兽！”奥马尔显然不满纳粹的胁迫。

一旁的士兵端起了枪托，他被这个“劣等人种”的言辞激怒了。

“停手!”奥瑞此时走了过来握住了枪,转身对纳粹军官说,“你答应过我,要保证我父亲的安全。”

“没错,奥瑞先生,您父亲对我们来说很重要,我们不会伤害他。您也知道,现在对我们有用的犹太人越来越少了。”纳粹军官笑了笑。

“你最好守住自己的承诺!”奥瑞走到了纳粹军官的身边。他做的这一切几乎是奥马尔无法相信的,也许奥马尔更愿意相信自己的儿子和纳粹政府是一伙的,是不可能挺身救自己的。

“只要你父亲活着,他就有价值。”纳粹军官转身对着楼上说,“下来吧,我的兄弟们。”

不一会儿,士兵们就抬着整箱的书走下了阁楼,书的重量压得楼梯吱吱作响,而那声响也好似奥马尔此刻忐忑的内心。

“走吧,奥马尔先生。”纳粹军官走到奥马尔身边,戴上了手套。走了几步,他停了下来,对刚才被奥瑞握住枪的士兵说:“卢卡斯,你留下来帮奥瑞先生处理下善后事宜吧。”

“是,长官。”卢卡斯行了一个军礼,留了下来。其他人跟随着那位纳粹军官,走出了屋子。当一行人快走到车边时,屋内传来了一声枪响,随即是艾丽娅撕心裂肺的呼喊。

卢卡斯背着枪,跑步追上了队伍。

奥马尔被枪声和呼喊声震住了,他明白,他再也不会见到自己的儿子了。他现在满脑子都是奥瑞刚才挺身救他的画面,他明白,在那一刻,他见到的依然是照片里最纯真的那个孩子。

“他是个花花公子,你一定很恨他吧。”纳粹军官拍了拍自己的衣袖,“不过刚才,他应该是真的想救你。你知道吗?我找到他的时候,他很害怕自己会死,十足的胆小鬼。后来他知道我们要找的人是你时,他显得很勇敢,他居然和我们谈条件,要我们保证你的安全,真是个傻孩子!”

“你们!”奥马尔眼里噙着泪水。

“他原本不用这么早死的,可是他却以一个犹太人的身份侮辱了我们的士兵,你知道,你们的手去碰我们士兵的枪是多么不应该的。”

“奥瑞!”奥马尔无力抗争,任由纳粹士兵把他拖进了车里。

5 分钟,这一切的发生只有 5 分钟。5 分钟,他和心爱的儿子重逢;5 分钟,他与心爱的儿子永别;5 分钟,他看到了自己最想看到的儿子。

汽车缓缓地开着,奥马尔的眼泪顺着干瘪的脸颊流了下来……

奥马尔被送到慕尼黑一处守卫森严的图书馆软禁了起来。纳粹政府让奥马尔做的事情,仍旧是编撰历史,仍旧是和书籍打交道。不过这一次,他所有的研究都只是整理德国人用来批驳犹太教会的资料而已。这段时间持续了六年,这六年里奥马尔几乎没有踏出门外一步。他的养女常常通过守卫捎来口信,但 1937 年新年过后,艾丽娅再也没有出现在奥马尔的生命里,奥马尔明白,艾丽娅已经只能活在他的记忆中了。失去了所有亲人的奥马尔开始在工作之余重操旧业,他用写戏剧的方式来寄托自己的哀思。对戏剧的深入理解,对人生的深刻感悟,让奥马尔没有消沉下去。

1940 年,65 岁的奥马尔被投入了普通监狱,因为这时的纳粹政府已经不再需要煽动什么、辩解什么了。团结的雅利安人,四散的犹太人,强有力的统治,犹太人已经没有容身之所。

后来,奥马尔和许多人一起被送上了北去的汽车;再后来,奥马尔认识了弗兰克。

四、回　家

汽车缓缓地停了下来，弗兰克呆呆地望着远处的树林，又或者说他呆呆地望着周围的一切。这是第八天，他们来到了一个叫“诺亚”的小镇。

“你是泥瓦匠？”奥马尔给弗兰克递上一勺水。

“怎么了，不相信？”弗兰克用那勺水润了润干裂的嘴唇。

“没有不信，但你似乎也不仅仅是泥瓦匠吧？从小就是？”奥马尔用怀疑的眼光看着弗兰克。

“其实，我从小就跟着父母经商。泥瓦匠，只是在这几年才做的。”弗兰克舔了舔嘴唇旁余下的水滴，叹了一口气。

“难怪，你说话并不像一般的农民或者工匠。”奥马尔点点头，“他们一定教了你不少的东西。”

“是啊，从小父母就很重视对我的教育，原本他们想我继承他们的商店，然后就这样安安稳稳地生活。可惜，那只能是奢望了。”弗兰克继续呆呆地望着车外。

“你不是慕尼黑人，那你的家原先在哪里？柏林？”奥马尔继续问。

“不，我的家就在这里，这个叫诺亚的小镇。”弗兰克耷拉着脑袋，把手抱在膝盖上。

“这儿是你的家？”奥马尔惊讶了。

“有什么不可能的呢？这就是我的家，我从小就生活在这里。你看，那片树林。”弗兰克指了指他一直望着的那片树林，“那原先就是我家的果园。”

“所以你一直看着那片树林。”奥马尔拍着弗兰克的手说，“你有多久没回来了，我的朋友？”

“5年！5年前，我离开了这里，”弗兰克突然把头转向了奥马尔，“是在我亲眼看到自己的父母被杀之后，我离开了这里。”

“哦，真对不起。”奥马尔陷入了沉默，这几天他无意中一直在揭弗兰克的伤疤。

“没什么，都是事实和回忆而已。五年前，我一直向南逃，一直逃到了慕尼黑。我原以为躲在那里的乡村会好些，可是，结果还是一样。”弗兰克苦笑着。

“你从北部逃到南部，却又被送回了北部。命运真是和你开了个大玩笑！”奥马尔也笑了笑，“你这一路早就知道会回家的吗？”

“不，只是今天车子在中午那个三岔路口右转的时候我才意识到，我可能会来到这里。”弗兰克用手拨弄着身上的毛毯，“你知道，逃命的时候你根本没有心思去看路边的风景，甚至来不及去看路标。5年前我逃出来的时候，我只记得那个三岔路口。”

“想回家看看吗？”奥马尔问。

弗兰克看着外面荷枪实弹的士兵笑了笑，“你觉得可能吗？”

“不试试怎么知道？如果这次要路过的是我的家乡，我也会奋力一试的。长官！”奥马尔大喊起来，他喊得如此突然，以至于惊吓到了车里的其他人。

“什么事？”一个德国士兵跑了过来。

“你不要命了？”弗兰克低声对奥马尔说。

“长官，我可以提个要求吗？”奥马尔诚恳地说。

“什么？提要求？”那德国士兵开始大笑起来，“凭什么？凭你是犹太人？”

德国士兵的反应并没有出乎奥马尔的预料。奥马尔接着说：“就当是一个老人生前最后的请求吧。”

“不行！”德国士兵扭头准备走。

弗兰克拉着奥马尔，他明白，一切都是徒劳。

“等等，怎么了，雅尼克？”一个年轻而洪亮的声音响起。

“朱利安上尉！这、这个犹太人说他有要求。”那个叫雅尼克的士兵答道。

“哦，什么要求？”那军官明显也在笑，只是这笑声，并不刺耳。

“这里是我的家，我想回家看看。”奥马尔不愿意放过这机会。

“哦，这样啊。”那军官走到了车厢前，奥马尔和弗兰克看清了他的长相。那是一个很俊秀的德国军官，他的年纪也不过是30岁出头，和弗兰克一样。

“奥马尔先生，您的家是在这里吗？”朱利安上尉问。

“什么，你知道我的名字？”奥马尔很吃惊，他摇摇头，他明白他的计划没有成功的可能了，这个德国人既然知道他的名字，一定对他的情况很了解。

“雅尼克，你先过去吧，这里我来处理。”支走了那名士兵，朱利安说，“现在可以说实话了吧？”

“对不起，长官。其实，这里是我的家乡。”弗兰克不能再忍受奥马尔给他背黑锅了，“我想回家看看，奥马尔先生，他只是想帮我。”

“原来是这样，奥马尔先生，您倒是很会利用人们对老人的同情心。在这样的情况下，如此冷静，不愧是剧作家。”朱利安转身准备走开，突然他停住了，“雅尼克，过来。”这时，车里所有的人都为弗兰克他们捏了一把汗，他们不知道接下来还要发生什么。

雅尼克一路小跑，到了车前。

“一个小时，你们只有一个小时。天黑前必须回来，不然，后果是什么我不能保证。雅尼克会一直跟着你们的，别要小聪明。你们俩一起去吧，对不起，你们必须戴着脚镣。”朱利安的一席话让两人一惊，的确，他们做梦也不会想到事情竟然这样顺利。

“雅尼克，自己小心。”朱利安还不忘嘱咐自己的士兵。

下车后，弗兰克向朱利安鞠了一躬。弗兰克和奥马尔戴好脚镣，一行三人出发了。弗兰克搀扶着奥马尔走在前面，而雅尼克则端着枪，在后面跟着。

小镇上的一切早已经改变。由于诺亚是犹太人聚集区，五年前的那场浩劫已经让这里成了空城。

对于弗兰克来说，空城不空城并不重要，在他逃往南方的时候，他见过很多空城，他甚至在一个空城中见过许多已经被烧焦的尸体。他搀扶着奥马尔在熟悉的街道里行走着，这里满是废墟，倒塌的房屋、破碎的玻璃、从各个角落冒出的杂草。可弗兰克依然记得路，此时他眼前出现的全是过去的情形。曾经，有一个叫弗兰克的小孩喜欢拿着糖在这个街道里奔跑;曾经,有一个叫弗兰克的少年喜欢骑着车载着货物在这里游荡;曾经,有一个叫弗兰克的年轻人喜欢牵着恋人的手在这里漫步……只可惜一切都是过去。弗兰克的嘴角慢慢地有了微笑,奥马尔知道,这个坚强的孩子此时活在过去而不是现在;奥马尔知道,这个坚强的孩子正努力在死前寻找回忆。

"不介绍一下吗,朋友?"奥马尔也想分享弗兰克的快乐了。

"哦,对不起,当然。你看,那边的广场,以前是一个足球场,我们小时候常用稻草搭成球门然后踢球。镇上的小孩不多,我们就拉大人来踢,当然,他们不许射门。你看那里,一个工厂,很早就已经废弃了。可是对我来说很有用,小时候我背不出课文,被父母追的时候常躲在这里。这里墙很高,门又被钉死了,我父亲那胖胖的身体加上伤腿,根本就爬不过去,我就会一直待到很晚,等他火气消了才回去,屡试不爽呢……"弗兰克滔滔不绝地说着,脸上依旧带着些许笑容。

"就这样,弗兰克,"奥马尔心中念着,"记住一切值得你记住的,然后好好地活着。"奥马尔猜得一点没错,此时的弗兰克虽然坚强,可他也是一个孩子。弗兰克也失去了所有的亲人,他现在的表现几乎是人们无法理解的。他笑着,没有悲伤,是因为他早从亲人的离去中,明白了人类的无力;他没有信仰,但他依旧愿意为了自己坚强地活下去。矛盾的弗兰克,却也是一个可爱的孩子。

突然,弗兰克的语言停止了,他开始拖着步子往前走。奥马尔明白,弗兰克现在已经来到了他记忆的最深处,他快到家了。

安静的道路上只有两个人行走的声音,哦,对不起,是三个人,那个叫雅尼克的士兵早就被遗忘在了某个角落。弗兰克的表情开始变得僵硬，只有眼睛不停地眨动着，就像一部照相机在寻找目标，并把它们印在回忆的胶卷里。

走着，一直走着。弗兰克安静着，奥马尔也陪着他安静着。脚底踩过杂草，又或是石子，没有人在意。

“到了。”弗兰克突然停下，把头转向右侧的一间破屋，弗兰克径直走向那间房子。房子面向道路的这边有一个大大的窗子和一扇没有门板的大门，那是因为这里曾经是一家商店，屋里满是碎裂的石头，夹杂着已经被熏得漆黑的玻璃碴。弗兰克停在门口，一动不动。

“这是我家。”弗兰克说。

“我知道，我知道的，孩子。我从你眼里看出来你对这里的感情很不一样，只有曾经的家才能让你这样，对吧？”奥马尔答道。

“对，曾经的，就是曾经的。”

此时奥马尔主动搀扶着弗兰克在门槛上坐下。

“看得出来，这里原本很宁静。”奥马尔环视了一下四周。

“嗯，是的，很安静的一个小镇，很安静的一条街，很安静的一个家。”弗兰克拿起地上的一块碎砖，“你看它，现在虽然不完整了，但是这就是我家的一部分。”

风顺着街道轻轻地刮着，五年的沉默，这里最大的声音只剩下了风声；枯黄的树叶沿着街道飞着，五年的沉默，这里最具生命的景物只剩下了叶子。

“吱……吱……”风声里突然夹杂了一些金属摩擦的声音。

沉默的弗兰克突然一震，站了起来。

“它还在，它还在。”弗兰克向屋子的背后走去。

“什么，什么还在？”奥马尔问。

“秋千，上帝，它还在摇……”弗兰克走到了后院，顺着已经被炸塌的墙壁往里看。是的，那是一个秋千，但确切地说，那只是看起来是一个秋千。弗兰克和奥马尔看到的，只是一根铁杆，连着一条铁链，拖着一块破碎的木板。木板在风中还会摆动，但是情景断然没有弗兰克记忆中的美丽。生锈的铁杆和生锈的链子摩擦着，那“吱吱”的声音就是从这里传出来的。木板摇曳着，无力地飘着。整个房子已经被炸得面目全非，都是碎石，如果说从房子正对面的那一边还能让你觉得这是个5年前才被遗弃的店面的话，那么从背后看到的，就是一个彻彻底底的废墟。

“我曾经当着我父母的面和蒂娜在这里荡秋千。”弗兰克沉沉地说，他的眼中开始闪着泪光，他坚强了很久，可是终究没有抵挡住记忆的攻击。

“蒂娜，这就是你妻子的名字，她一定很美！”奥马尔说。

“是的，很美！”弗兰克望着奥马尔，泪水从这个男人的眼中滑落，泪水带走了这男人脸上的肮脏，划出了两道漂亮的轨迹。

“好了，两位，该回去了。”一个声音响起，是雅尼克，那个被遗忘的德国士兵。他一直站在墙角看着，此时他显得有些惊慌，“我本不想打扰二位，可是时间真的快到了。”

“不，应该还没到时间。”奥马尔说，虽然失去了手表和一切可以计时的东西，但是奥马尔的时间观念依旧很强，他说：“从刚才出来到现在，最多只有40分钟。”

“我累了可不可以？回去的时间难道不应该算在内吗？”德国士兵端着枪走了过来。

弗兰克立即上去用身体挡住奥马尔，“走吧，时间到了。”

“弗兰克，你、你不想多待会吗？”奥马尔问。

“够了，我的朋友，足够了。”弗兰克搀着奥马尔开始走向了回去的路。

“老家伙！”德国士兵把枪背在肩膀上，跟在了后面。

回到车队休息地的时候，弗兰克又主动向朱利安上尉鞠了一躬。

“回家的感觉恐怕并不是很好吧！”朱利安问。

“但总比没有的好。”弗兰克回了一句就扶着奥马尔上了车。

这一夜，奥马尔没有入睡，他望着沉睡的弗兰克，忐忑不安。

早上，车队因为整修和补充木柴很晚才出发，可弗兰克却一直睡着，没有醒来。车上的人都醒了，可也都安静着。

车子发动了，颠簸着开始离开。弗兰克，依旧沉睡着。

“是因为怕看到再次离开家的情景而沉睡吗，朋友？”奥马尔心里想着。

阳光顺着车厢的后门洒在了弗兰克的脸上，他的眼角处，分明有一丝晶莹的东西在渗出。

再见了，诺亚……

五、梦　魇(1)

“爸爸,爸爸,快看,我折的纸飞机。”4 岁的茱迪跑到了弗兰克的身边。此时,弗兰克正站在阳台上看着宁静的村子。

“爸爸,我自己折的,你看,飞机!”茱迪拼命地踮起脚尖,把纸飞机伸到弗兰克可以看得见的地方。

“茱迪乖,别烦爸爸了。”蒂娜走了过来,穿着朴实的农民服装,但她的笑容依旧很动人。茱迪赤着脚,一路小跑着到了蒂娜身边。

“妈妈,爸爸又在发呆了,都不理我。”小茱迪嘟囔着扯住了妈妈的裙子。

“你去找小朋友们玩吧,去给他们看看你折的飞机。”

“嗯,妈妈,我走了。”茱迪走到门边穿上了小拖鞋,推开门跑了出去。

不一会,茱迪就和小伙伴跑到了楼下。

“还在想以前的事,在想爸爸妈妈?”蒂娜走到弗兰克身边,抱住了他。

弗兰克回过神来，微微点头："忘不了，这样的事情又怎么会忘记？"

"你看看她，跑得多开心啊！"蒂娜知道现在没办法说服弗兰克不去想那些伤心的过往，她只能把话题转移到女儿身上。

"嗯，是啊，希望她可以一直开心地活着。她没有经历那一切，真是幸运！"弗兰克摸了摸蒂娜散在他肩膀上的头发，又看了看茱迪，"丹尼说，现在情况越来越糟，逃到哪里都已经不安全了，只希望这阴霾能早点过去。"

"还奢望什么呢？其实我们一家人在一起能开心一天就是一天。如果躲不过，那也是命中注定的。逃亡的路上，我们见过多少同胞？比起他们，我们幸运得多。"蒂娜把头埋在了弗兰克的后背。

"同胞……"弗兰克闭上眼，脑子里满是悬挂在树上的尸体、被烧焦的房屋、漫山的坟墓，"这里的宁静会有多久呢？不过你放心，蒂娜，我一定会好好保护你们的。"

"嗯，我知道。"蒂娜点点头。

弗兰克转过身，捧起蒂娜的头，给了她深深一吻，"去做饭吧，我饿坏了。"弗兰克玩笑似的把蒂娜推到厨房。

"你啊，很难喂饱呢！"蒂娜笑着，走进了厨房。

弗兰克继续回到阳台上，看着自己的女儿。茱迪穿着白色的小纱衣，光着小腿举着纸飞机在院子里奔跑，她笑得开心极了，脖子上的贝壳带着节奏上下舞动。"茱迪，你真像你妈妈小时候，你妈妈最起码有过一个幸福的童年，希望你也有，而且你能一直快乐地活下去。"弗兰克自言自语道。

这是慕尼黑郊外一个不知名的村子，其主体建筑就是一个废弃的工厂，现在，这里聚集了一些从北方逃难过来的犹太人。由于在地图上都找不到这村子，加上这村子又很隐秘，所以这里并没有受到军队的光顾。

只是，在这个没有被魔爪抓伤的村子里，宁静会持续多久呢？

凌晨两点半，这天的天气因为刚下过雨而显得特别冷，村子里的人们都躲在被窝里安静地休息着。一切就这么安静着，只有轻轻的风声。

村子远处的一个小山丘上，一对德国士兵正在靠近。

“终于找到你们了，还真该是一个安静的夜啊！”一个德国军官拿着望远镜站在山丘的最高处。

“你已经知道他们在哪里了，那么，请按照约定，放了我吧！”一个衣衫褴褛、满身血迹的人站在军官的身边说。

“当然，你做得很好，你以后可以安静地睡觉，不用担心被吵醒了。”军官冷笑了一声。

“你什么意思？”那人开始有些不安。

“啪，啪！”两声枪响后，那个犹太人永远地沉睡了。

“真是笨蛋，我真搞不懂，我们的国家怎么会被这样的民族搅乱。”军官摇摇头，继续查看着村子的情况。

“不过要是没抓住这个去附近找食物的犹太人，也许我们还不能马上找到他们的栖身之所。”他的副官开始接茬。

“是的，是的，马克西米连，他有功劳，那么，就由你来安葬他？”军官笑了。

马克西米连一脸的无奈，“上尉，您最近的玩笑可越开越大了。对了，我们什么时候开始行动？”

“3 点半，在这些人睡得最死的时候。让我的士兵们先安静地休息会吧,待会,我们在游戏里会耗费很多的体力的。”军官放下望远镜,坐了下来。

一小时,这个村子,还能存在一小时。

“轰,轰……”爆炸声在3点半准时划破了这夜的寂静。

“怎么了?发生了什么事?”弗兰克在梦中惊醒,他迅速地摇醒妻子和女儿。

“啪!”门被踹开了,走进来的是弗兰克的朋友丹尼,“他们来了!”丹尼气喘吁吁地说。

“还是没能躲过。”弗兰克爬起来猫着腰走到了阳台,远处逼近的德国人正在朝村子里开着枪,红光泛起,黑夜不再漆黑。

楼里满是人们的脚步声和嘶喊声,沉重而迅速,这样的脚步声只能表现出人们的惊慌失措。楼层不断地颤动着,也不知道是被爆炸震颤,还是被慌乱的脚步震颤。

“逃不出去了,军队包围了所有的出口,你们快躲起来吧!”弗兰克回头对妻子蒂娜说。

“躲,我们能躲去哪儿呢?”蒂娜抱着茱迪,用身体和手捂着茱迪的耳朵。

“我知道,就是那里了。”丹尼想了一下马上明白了弗兰克的意思。

弗兰克拉着妻子和女儿跑到了隔壁丹尼的家。丹尼打开卧室的门,从床底下拉出了一个大木箱子。

“快,进去,他们是来抓人的,希望他们不会来搜查屋子。这是我们最后的希望。”弗兰克对蒂娜说。

“我们躲进去,那、那你和丹尼怎么办?”蒂娜问。

“我们会想办法先逃出去，然后再回来找你们。”弗兰克笑了笑，吻了吻蒂娜的脸。

“不，你们不会回来的，是吗？”蒂娜含着眼泪问。

弗兰克和丹尼怔住了。

“你们早就商量好了，不是吗？你们早就想过会有这一天，然后把我和孩子藏在这里，自己却出去送死。”蒂娜哭着，抓着弗兰克的衬衣。

丹尼呆呆地站在边上，他不明白这个女人为什么在这样的情况下还是那么清醒、那么聪明。

“出来吧，不用紧张！”德国军官的声音响起了。

楼上的吵闹瞬间停止了，所有的人都不知道接下来该怎么做。

“他们来了，不能等他们进来。快进去，蒂娜！”

“不，我不要。”蒂娜死死地拽着弗兰克的衣服，茱迪也开始大哭起来。

“安静点，安静点，茱迪！”弗兰克捂住了茱迪的嘴，他的眼睛开始湿润起来，嘴角开始抽泣，显得很难受。弗兰克放开了手，茱迪乖乖地安静了下来。

“我们没时间了，兄弟。”丹尼看了一眼外面的情形，德国士兵已经离房子越来越近。

弗兰克望着蒂娜，“蒂娜，听着，我爱你，好好活着，好好照顾茱迪。”

蒂娜拼命摇头。

“蒂娜，如果，如果我……你要记得，你们是我生命的延续，好好的，到可以安静生活的那天。”弗兰克把茱迪的衣服整了整，把蒂娜和茱迪抱进了箱子，此时的蒂娜因为过分激动而显得有些呆滞。

弗兰克拖着蒂娜的头吻了吻，又吻了吻茱迪，他摸着茱迪身上的贝壳，久久不肯离去。茱迪睁着自己的大眼睛看着自己的爸爸，弗兰克突然抱住了茱迪。

“快，德国人已经在院子里排好队等我们出去了。”丹尼走到弗兰克身边蹲下，“茱迪，听叔叔的话，乖乖的不出声好不好，陪着妈妈，妈妈现在需要人陪。叔叔和你爸爸要出去一趟，等会回来。”

茱迪点点头，她脸上的泪痕此时显得很可爱。弗兰克刮了一下茱迪的鼻子，起身准备盖上箱子。

“爸爸，”茱迪突然喊，弗兰克又蹲了下来，“爸爸，早点回来，这里黑，我不喜欢。”

弗兰克忍住眼泪点点头，“一会就好的，一会就亮了。”弗兰克缓缓地盖上箱子，这个过程里，茱迪一直和自己的父亲对望着，对望着。

“里面的人，出来吧！躲藏再无意义了。”德国士兵喊着。

“走吧，这群杂种等急了。”丹尼笑了笑。

“好，去见见他们，结束吧！我也累了。”弗兰克起身，锁好房门，和丹尼走了出去。

犹太人聚集在废弃工厂的车间里，很多人在抱头痛哭，他们都明白，现在出去也是死路一条。弗兰克和丹尼走到了人群中，安抚着那些无助的人们，相比其他人，弗兰克和丹尼坚强得多，那是因为五年的漂泊早已让他们知道生死只是一线间的事情而已。

“那群犹太人，还是不愿意出来，看来我得让我的士兵们费些心思了。”德国军官丢下手中的烟头，下达了炸掉大门的命令。一个德国士兵熟练地在门上架起了炸药。

“兄弟们退开些，都不要命了？”副官马克西米连喊着。

听到了外面的喊声，里面的犹太人来不及躲避，大门就已经被炸了开来。飞溅的石头击中了最前面的几个年轻人，有些被击中了头部倒在了地上，血顺着身体流了出来。

犹太人挤成一团，这时的工厂里，满是哭声、喊声。一个母亲跪在他受伤的儿子身边，用手捂住他受伤的胸口，血透过指缝流到了这位母亲的袖子上。

爆炸的烟雾散去之后，一群德国士兵冲了进来。副官马克西米连向上开了几枪，伴随着厂房顶部石灰的掉落，犹太人安静了下来。

"啪，啪！"德国上尉踩着沉重的步伐走了进来，"大家好，你们躲得很辛苦，也很用心。只可惜这个国家不属于你们，哦，对不起，是整个欧洲都不属于你们，所以费尽心思的躲藏毫无意义，不是吗？我叫作雷奥，雷奥上尉。"雷奥上尉往前走了几步，马克西米连示意雷奥上尉要小心这群人，雷奥上尉摆摆手。

"我今天不想杀谁，也不会杀谁，这里的人最好都不要轻举妄动，我想你们逃难的过程中也知道了你们同胞的遭遇以及下场。"雷奥上尉冷笑了一声。

"这杂种到底想说什么？"丹尼低声对弗兰克说。

"不知道，看看再说。"弗兰克抓了抓丹尼的手臂。

"那么，我们走吧，我保证你们的安全！"雷奥环视了一下众人。

没有人愿意动，所有的人都安静了，孩子也被父母捂住了嘴巴。长时间的灾难，犹太人又怎么会相信德国士兵的鬼话。

雷奥走到刚才被乱石砸死的一具尸体前，蹲了下来，用手中的鞭子拨了拨尸体，"可惜了，还真是一个身强力壮的孩子。"

"浑蛋！"暴躁的丹尼没能控制住自己，跑了出来，"他已经死了，别再侮辱他的尸体。"弗兰克也不顾一切地走了出来，想拉回丹尼。

“啊！还有一个硬骨头，我侮辱他了吗？没有啊，我只是在想，他原本可以活得更久，”雷奥上尉站了起来，“你也有一副好身板啊，你有活下去的资格。”

突然，从楼上掉了一个东西，所有的人都有些惊慌，害怕那是一个手榴弹。等那东西落在地上，副官马克西米连捡起一看，居然是一个小木偶。顺着小木偶掉下的地方往上看，马克西米连发现了四楼有一个正在探头探脑的小男孩。

“看来不是所有的人都在这里啊。”雷奥上尉指了指那个小男孩。马克西米连会意地拔起枪，对准了那个小男孩，啪的一声，小男孩的头部中了一枪，他的小手从栏杆的缝隙里伸了出来，接着红色的液体也顺着手臂流到了地上，在地上溅起了血花。

“浑蛋！”丹尼冲了上去一把抓住了马克西米连，他们缠斗在了一起。丹尼抱着马克西米连，把他压到了地下，他的手死死抓住了马克西米连的领子。马克西米连的呼吸显然受到了压迫，他使劲地想掰开丹尼的手，却没有一次成功。丹尼就势咬住了马克西米连的耳朵，一刻也不放松，血从马克西米连的耳朵里流出，又从丹尼的嘴里渗了出来。所有人都惊呆了，包括弗兰克，此时他明白，他将永远失去这个朋友了。

身处绝境的马克西米连毕竟是职业军人，他利用身体的摆动很快用力一滚，将丹尼压在了身下，然后用手肘击打丹尼的嘴巴，丹尼由于耗费了太多的体力，坚持不住，松开了嘴巴。马克西米连马上起身坐在了丹尼身上，用拳头击打丹尼的头部，丹尼的眼角、额头渐渐地被血染满了。丹尼仍旧抓着马克西米连的领子不放，而他现在的努力已经是徒劳了。马克西米连拔出了藏在腿上的匕首，在门外火光的映衬下，那匕首显得格外寒气逼人。

“不要！不要！”弗兰克开始大喊，身边的犹太人怕他也做傻事，拉住了他。

“再见了！”马克西米连一刀扎进了丹尼的喉管。此时，马克西米连又回过头对弗兰克说：“你刚才说什么？对不起，我没听清，那我现在就拔出来了。”马克西米连用力拔出了匕首，血像喷泉一样从丹尼的喉管喷出，溅到了他的军装上。丹尼的嘴里也不断地吐着血，身体开始抽搐，慢慢地丹尼不再动弹了。

“不要啊，不要。”弗兰克看着这一切的发生，却无能为力，他跪在地上击打着自己的头。

“那么，我们可以走了吗？”雷奥上尉继续保持着他的笑容。德国士兵听完上尉的这句话马上将犹太人包围了起来，驱赶到工厂外。

雷奥上尉把马克西米连喊到一边，“你的耳朵没事吧？”

“小伤，没事的。”

“那好，你听着，这里肯定还藏着别的犹太人，可我们已经没有时间再做搜查了，你知道该怎么做。”

“我明白，上尉！”马克西米连跑了出去。

犹太人被驱赶着出了工厂，弗兰克呆呆地走过丹尼的尸体，他的兄弟，从小长大、一起逃亡、还一直帮助他的兄弟，就这样走了。众人被赶到了工厂外，沿着小路开始向慕尼黑走去。所有的人都面无表情，所有的人都不知道接下来会发生什么。

突然，人们发现背后火光熊熊，回头一看，发现整个工厂已经燃烧起来，德国士兵还在不断地朝工厂里面丢着燃烧瓶。

人们开始骚动，因为把一些亲人藏在屋子里的可不只弗兰克一家。有人挣脱了德国士兵跑向燃烧的工厂，却马上被德国士兵的子弹结果了生命。

弗兰克忍住眼里的泪水，呆呆地站在哪里，“蒂娜、茱迪……”他默念着，却无法跑过去救自己最爱的人。

火光映红了整个黑夜，一切成为了红色，树木、天空、厂房，当然，还有弗兰克和其他犹太人淌血的内心。

第二天，工厂里抓住的犹太人被分成了两批，一批是像弗兰克这样身强力壮的年轻男女，他们被送往监狱；另一批是老人和孩子，他们则被送进了墓地。

六、静寂的森林

第十天,车子经过的道路变得越来越难行,也越来越狭窄。

中午的时候,车队停了下来。所有的德国士兵把犹太人赶下车围了起来,许多人以为这是屠杀的开始,但是弗兰克和奥马尔竭力安慰着自己的同胞,浪费了十天的汽油之后才开始杀人,除非军队里全是傻子。

朱利安上尉和那些卡车司机聚在一起。

“对不起了,上尉,我们只能送到这里了,前面的路已经不适合再开车了。”车队队长说。

“没关系的,反正穿过前面的森林就到了,我们行动再慢,两天内就可以到达那里了。辛苦大家了,你们还得赶回去。对了,最近抵抗分子的势力似乎有所壮大,你们这样回去太招摇了,自己得小心。”朱利安上尉拍了拍队长的胸脯,“这帮兄弟的命你可得保护好啊,有困难求助各地的军队吧。”

“是!那么长官,请多保重。”车队队长向朱利安上尉行了一个军礼。

“开始搬东西吧！”朱利安朝德国士兵喊。

德国士兵将身强力壮的犹太男青年赶到补给车前，将食物、水打包好分发到他们的手里。

“喂喂喂，干柴就别带了，这么一大片森林，还愁没东西烧？”朱利安对着那些在整理柴火的士兵说，“让车队带回去吧，路上也许有用。”

车队司机从车窗里探出脑袋，向上尉笑了笑，有的人还不住地点头。

半个小时后，该卸下的东西已经分发完毕，上尉向车队司机们一一道别，和他的士兵以及众多的犹太人一起走进了森林。

“愿上帝保佑你，上尉！”车队队长祈祷着，等朱利安上尉他们的身影消失后，车队才开始踏上返程的路。

弗兰克背着一袋子面包，搀扶着奥马尔走在队伍的中间。由于经历了一场虚惊，大家的心情都还未平复。

“你听到了吗？两天，两天后我们就知道我们要到哪里去了。”弗兰克说。

“是啊，不过我觉得有点奇怪。”奥马尔拖着带着镣铐的脚，走路显得十分艰难。

“有什么奇怪的？”

“你看，这里大部分人都是身强力壮的年轻人。”

“那又怎么样？”

“我们对他们的作用有多大？我猜他们应该是带我们去建什么东西，让我们当苦力，可是……”奥马尔陷入了思索。

“的确，这里大多是年轻人，很有这可能。那你刚才说的可是，可是什么？你想到了什么？”弗兰克十分赞同奥马尔的分析。

“可是为什么还要带着老人呢？你看，老人的数目还是可以占上一定比例的。难道是另有用处？”奥马尔说。

“不知道，但是至少这里的人都可以多活一阵子了。”弗兰克叹了一口气，继续扶着奥马尔随着队伍走着。

林子很大，到处是高大的松树和杉树，地上铺着松针和其他败落的树叶，时而有鸟鸣声从远处发出。由于临近傍晚，阳光显得很柔和，顺着树与树之间的间隙洒在地上，原本枯黄的落叶经此一照反倒显得略带生机。在树木的根部，到处可见在这种季节依然鲜亮的蘑菇，它们成了深秋花朵的最好替代品。

渐渐地，阳光散去，黑夜降临了这个森林。

大家围着火堆，远处传来狼的呼号，但根本不会给这些人带来丝毫的恐惧。奥马尔和弗兰克靠着树正在聊天，朱利安上尉走了过来。

“我可以在这里坐一会吗？”朱利安问，当然，这是很多余的问题，如果他真的想，谁又会说“不”呢？

“可以，当然可以。”奥马尔说，弗兰克却在此时把头扭了过去，装作要睡觉的样子。

朱利安似乎完全没有在意到弗兰克的反常，因为他要找的对象是奥马尔。

“你当年在慕尼黑可是很出名的作家。”朱利安说。

“看来你也很喜欢戏剧，不是吗？”奥马尔反问朱利安。

“不，我对戏剧一窍不通。”朱利安笑了，“真的一窍不通”。

“那你……”奥马尔有些疑惑。

“你肯定会想,我不懂戏剧,可是为什么知道你,对吗?”朱利安开始用刀子刮掉沾在军靴上的泥土。

“嗯。”奥马尔点点头。

“我是受人所托,一定要带你去的。”朱利安抬起头看着奥马尔。

“谁?”奥马尔此时已经开始拼命搜索所有的可能人物。

“你不是唯一的一个,有很多人都是因为很特殊的原因必须被我们带去的。”朱利安也靠在了树上。

“我猜,这里所有的老人都是因为很特殊的原因才被征召的吧?”奥马尔拿起身边的黑面包咬了一口。

“你不需要知道太多,到了目的地,你自然会明白的。”朱利安上尉站起身,准备离开。

“能告知托你带我来这里的人叫什么名字吗?或许我们认识。”奥马尔问道。

朱利安上尉停下,转过身对奥马尔说:“对,你们认识,我听他提起过你们的事情。”

“他是谁?”奥马尔直起了身子,他本来想站起来,可是因为和弗兰克锁在一起无法站立。

“你的老朋友,考夫曼将军。”朱利安上尉笑了笑,转身离开了。

“考夫曼,将军……”奥马尔呆住了。

“考夫曼。”奥马尔马上进入了痛苦的回忆,“这么多年了,他居然成为了将军。当年那个天资聪颖的孩子,那个曾拜我为师的小可怜,靠偷取别人剧本挂上自己名字的骗子。哦,他是将军了。”

“怎么了?奥马尔,有什么问题吗?你认识这个考夫曼将军?”刚才装睡的弗兰克发现了奥马尔的不对劲。

“认识,曾经很熟悉。”奥马尔继续吃着手里的黑面包,“我知道他和所谓的元首是同乡，后来也参加了元首发动的暴动，就这样发迹了。”

“那，你们怎么认识的？”弗兰克问。

“他曾经是我的学生，这次，好像是他征召我来的。”

“所以，所以那个朱利安上尉会认识你。”弗兰克恍然大悟。

“嗯，可他不仅仅是我的学生。”奥马尔苦笑了一下。

“发生了什么事情？”弗兰克很好奇。

“当年他还没有参军之前，在慕尼黑那边的剧场工作，那时候我已经小有名气。这孩子那时候常来找我，把他写的剧本给我看，他很聪明，很有想法，只是……”

“只是什么？”弗兰克抱着膝盖看着奥马尔。

“他的剧本里充斥着仇恨、杀戮，而且毫不掩饰。”奥马尔闭着眼睛，似乎是在回忆那些出自考夫曼之手的剧本。

“这有什么问题吗？”

“当然有，如果只是一种表现的形式，如果这只是他诉说自己人生感悟的一种方法，如果这样可以带给观众思考的话，那无所谓。可惜，他的内心就是充斥着仇恨，他的剧本如果上演，那会是灾难。”奥马尔睁开眼，随手拿起一片落叶，把它丢进了火里，“他一直没能如愿，他的剧本也没有人赏识，即便他是我的徒弟，但那个时候没有人会愿意把杀戮和恐惧搬上舞台。后来他开始发疯，开始偷我的剧本，刚开始的时候，我没在意，也想帮他。他拿走了一个我已经创作完成的剧本，获得了一次上台的机会，可是上演那天，他所演出的居然是他自己写的剧本，那种充斥着仇恨的剧本，于是……”

“于是，你没有再帮他，而他也一定被送进了监狱，因为你告发了他偷剧本的事情。”弗兰克接着说。

“是的，在那个时候，我视艺术高于一切，我容忍不了他这样的做法。我不知道他现在找我到底是为了什么，报复？他完全可以杀了我，不是吗？他一定想做些什么，一定是的。”奥马尔恐惧地埋下了头。

“这……”弗兰克欲言又止，他知道，奥马尔所说的一切也许都是真的，就算不是，他也找不出其他的理由来安慰奥马尔。“一切看上天的意思吧。”弗兰克拍了拍奥马尔，两人陷入了沉默。

考夫曼站在被告席上，冲着奥马尔大喊：“你这卑鄙小人，你等着，总有一天，你会落在我的手中，你等着！”

考夫曼被庭警带出了法庭，可他一直瞪着奥马尔。

奥马尔从睡梦中惊醒，他突然想起了自己的儿子奥瑞，他想到德国军官一定要找到他的原因就是因为考夫曼心怀仇恨。他想到了奥瑞的死也许是考夫曼安排指使的，他想到了为德国人工作的六年，明明就是考夫曼的诡计，让自己的手染上犹太人的鲜血、让自己成为德国人的帮凶。时间一分一秒地过去，奥马尔的恐惧也在一分一秒地增加，接下来与考夫曼的直接对话，会发生什么？也许更悲惨。不，没有也许。

奥马尔满头大汗，他转身看了看旁边熟睡的弗兰克，这是他在世间最后一个亲人了。“我记得我说过，我活得够久了。弗兰克，我的孩子，我不知道接下去的路该怎么走，我真的不知道！孩子，好好活着，活到可以安静生活的那天，或者，你觉得可以将生命终结了的那天。”

清晨，弗兰克醒来，发现奥马尔睁着眼睛躺在地上。

“喂，别闹了，你保持这个姿势很久了。”清醒过来的弗兰克摇了摇奥马尔,可是奥马尔没有动弹。一种不祥的预兆涌上弗兰克的心头,他把颤抖的手伸到了奥马尔的鼻子前,答案如他所料却不如他所愿。奥马尔睁着眼睛,但他的眼睛却已经失去了灵魂的光泽。

“不,奥马尔!”弗兰克的叫声惊醒了其他人,德国军人也跑了过来。

“怎么了,他怎么了?”朱利安上尉显得十分紧张。

“他走了,被上帝带走了。”弗兰克扑到了奥马尔的身上,眼中泛起了泪光。

“怎么搞的,昨天还好好的。”朱利安上尉不敢相信。

“是蘑菇,你们看他的手上拿着什么?”一个犹太人喊道。

众人顺着奥马尔的手看下去,在他的右手里,发现了一个被咬过的蘑菇。那蘑菇,鲜艳动人,却处处散发着杀气。

“误食了毒蘑菇,好可怜。愿他的美德能带着他的灵魂去天堂……”犹太人站起来,纷纷表示了哀悼。

“误食?”朱利安上尉叹了口气,点上了一支烟。

弗兰克趴在奥马尔的身边,他明白,奥马尔这样的人是不会轻易去吃来历不明的食物的,况且他身边多的是难以下咽但至少安全的黑面包。他明白,奥马尔是自杀的,是因为恐惧那个叫考夫曼的将军。

“为什么不敢去面对,你教我要好好活着,说过会尊重自己的生命,可是为什么?你没能做到自己说过的话,你开始恐惧未知的未来,未来还是未知的,为什么放弃?为什么不继续生活在你美好的过去里。”弗兰克心里重复着这样的话语,久久不能平静。

阳光透过树枝,照在奥马尔那充满皱纹的脸上,那双失去了灵魂的眼睛被弗兰克用手合上。

奥马尔的墓前，弗兰克长久地跪着。他的身边围满了在为奥马尔祈祷的犹太人，弗兰克破例被解开了脚上的镣铐，其实，有一部分原因是镣铐的另一端已经无人可铐了。

弗兰克的眼中噙着眼泪，用微微颤抖的双手在奥马尔的坟前插着鲜花。弗兰克叹着气，拨去坟前的落叶，找到泥土，用手挖出一个个小坑，把在这个季节很难找到的野花放在了坑里。

雅尼克这个时候也走了过来，他站在弗兰克的身后，犹豫了很久，递上了一颗石头，“喂，这是我在那边的河里捡的，你放上去吧。”

弗兰克回头一看，发现雅尼克的手中握着一颗圆圆的鹅卵石，他看了看雅尼克，接过石头，轻轻地摆在了野花的中央。“谢谢！”弗兰克思索了很久还是说出了这句话。

“哦，没事，我只是刚才洗手的时候无意捡到的。”雅尼克结巴着回答。

朱利安上尉走了过来，拍了拍雅尼克的肩膀，随即蹲下。朱利安上尉一直看着奥马尔的坟墓，却什么也没说。

这个早晨是喧闹的，这个上午却是寂静得可怕。人们或站立或蹲着，没有人愿意多说一句话。鸟儿还是叫着，可此时的森林却只能听见鸟儿的悲歌，再也没有其他的声音。

清晨，森林，静寂。奥马尔，尘土，鲜花，鹅卵石。

七、终　点

时间已快接近傍晚，这群人依旧在行走着。弗兰克和一个德国士兵锁在了一起，更确切地说，他是被那士兵牵着走的。他的脚上戴着镣铐，手也被手铐锁着，就这样他在队伍里行走着，像是一具行尸走肉。自从掩埋了奥马尔这个朋友之后，弗兰克再也没说过一句话，他再坚强，也不能马上从痛苦中走出来，更何况自杀的这个人是一个原本应该比弗兰克更坚强的智者。

森林里的树木渐渐变得稀疏起来，落叶也少了，露出了地上已经泛黄但还在顽强活着的野草。犹太人互相搀扶着，士兵们则荷枪实弹地走在外围。

朱利安上尉和雅尼克走在了队伍的最前面。

“你很了解犹太人?”朱利安上尉问。

“不，不了解。我又怎么可能会了解他们呢，他们可是劣等的民族。”雅尼克辩驳道。

“得了，兄弟，你还在辩解什么？我还记得你给弗兰克的那个鹅卵石。”朱利安还是走着，并没有看着雅尼克。

“长官，我、我真的没有……”雅尼克却停了下来。

“没有什么？雅尼克，事实就是事实，没有什么不好承认的。”朱利安上尉转过身来，拍了拍雅尼克的肩膀。

“什么事实？”雅尼克显得很惊慌，“长官，你知道什么？”

朱利安上尉示意雅尼克先别说话，他看了看队伍，把雅尼克拉到了旁边的树林里，防止他们的话有人偷听见。

“我并不知道你的过往。”朱利安笑了笑，“犹太人一直都生活在我们的四周，只是这几年才……雅尼克，你的生命里一定有犹太人出现过。而且，你应该和他们很要好，对吧？”

雅尼克低下了头。

“没有什么不能说的，这里没有人会听见我们的谈话，雅尼克上士。”朱利安安慰着这个手足无措的士兵。

可是，雅尼克还是沉默着。

“你知道吗？我有过很多的犹太朋友。”朱利安先开口了。

“长官你，你也是？”雅尼克惊住了。

“当然，我和他们一起长大，他们在我的生命里出现过，为什么不承认呢？你知道吗？那个奥马尔，他还曾经是……”朱利安意识到自己说太多了，立刻停了下来。不过，他的这番话已经足以打消雅尼克的防备。

“我有过很多犹太朋友，我也是和他们一起长大的。”雅尼克终于承认了自己的过往。

“不过，他们现在一定过得不好，对吧？”朱利安笑了笑。

“嗯，很不好，有许多人，已经不在人世了。”雅尼克背过身去，把手撑在一棵树上，“你知道，在全国那次大搜捕开始前，我们虽然民族不同,可还是朋友。搜捕一开始,我就必须和他们划清界限,更何况,我是军人。”

“所以,你了解鹅卵石的意义。可是,你却因为自己是军人,不得不疯狂地隐藏自己的过往,甚至在路上还要表现出比其他人更加的痛恨犹太人。”朱利安走到了雅尼克的身边。

“嗯。”雅尼克点点头。

“那个奥马尔,似乎与众不同,我想如果是普通人,你应该也不至于专门去为他捡来鹅卵石。”朱利安继续问。

“对,我在陪弗兰克去他家的时候,奥马尔一直都在。他们谈论着很多过往,弗兰克的童年也很美好、很快乐,这让我想起了我和我的朋友们。可是那些残垣断壁……”雅尼克捶了一下树,一些枯叶随之落了下来。

“你同情他们?”朱利安也靠在了那棵树上,随手接住了一片落叶。

雅尼克苦笑了一下,没有回答。过了一会他说:“后来,我跟着他们去了弗兰克的家,他们在回忆的时候,我越发的自责。于是,我提前赶他们回来了,我实在是受不了在那样的环境下看着他们。”雅尼克顿了顿,“奥马尔先生,哦,不,奥马尔很勇敢,他愿意维护弗兰克,哪怕只是20分钟的时间。”

“他值得你敬佩,的确。”朱利安拍了拍雅尼克的肩膀,“雅尼克,记得,过去没有什么好隐瞒的。但是现在,我们是军人,我们必须服从我们的命令,无论做什么。我也知道,他们是人,并不是猪、狗。但命令高过于一切,如果要我们开枪,我们就得开枪,你明白吗?”

雅尼克叹了一口气,微微点了点头。

朱利安捏着雅尼克的肩膀把雅尼克转过身，替他整理了一下军装，“今天的谈话不会有人知道的，你看，我也承认了我有很多的犹太朋友。雅尼克，有些事，会让我们的战友不满甚至怀疑，不必去做了。鹅卵石的事，不要再发生，即便这次并没有人会怀疑你，你也掩饰得很好。否则，你终有一天会死在你的善良之下。”

“为什么要和我说这些呢？上尉，你这样其实也很冒险。”雅尼克笑了。

“因为以前，我是一个和你一样的人，有人曾经像现在我对你这样拯救过我。”

“我很好奇，他是谁？”

“你马上就能见到他，他就是考夫曼将军。”说完，朱利安带着雅尼克一起走出了树林，走进了队伍。

“在那里可别犯同样的错误了。”朱利安小声地提醒雅尼克。

“哪里？”雅尼克很疑惑。

“我们的终点啊。”朱利安笑了笑，抛下雅尼克，走到了队伍的最前方。

半个小时之后，队伍停下了。他们看到了终点，一个很像牧场的地方，但是牧场的四周被铁丝网隔开，还有高高的守卫塔散布在牧场里。

弗兰克在进入这个牧场的时候发现了一个路边的路标，上面写着：“军事禁区：迪特玛”。

“我们的终点就是这里？这个叫迪特玛的地方！”弗兰克低下头随着人群走进了迪特玛。

在被拉上卡车后的第十二天，“旅行”结束了。这群犹太人和押送他们的士兵安全到达了一个叫迪特玛的地方，唯一没能到达终点的,只有奥马尔。

“迪特玛,考夫曼将军。接下来会发生什么呢?”弗兰克的心里开始因为这个地方而不安。

第二章

战时天堂

人群缓缓地进入了这个叫迪特玛的地方，入口处站着一队士兵，他们笔直地站着，迎接着 40 名押送士兵的到来，并顺便目送一群心情忐忑的囚犯。

『朱利安上尉，欢迎您的到来。』关卡的负责人走了上来。

一、迪特玛?

人群缓缓地进入了这个叫迪特玛的地方,入口处站着一队士兵,他们笔直地站着,迎接着40名押送士兵的到来,并顺便目送一群心情忐忑的囚犯。

“朱利安上尉,欢迎您的到来。”关卡的负责人走了上来。

朱利安上尉行了一个军礼,拍了拍那名负责人的肩膀:“将军呢?他在哪里?”

“报告,将军昨晚就出去打猎了,估计今天晚上会回来的。”负责人认真地汇报。

“他还真是不服老啊。”朱利安脱下了手套,把它塞到口袋里,随即和负责人握了握手,“谢谢你的欢迎,接下来,你们该说下这些人的安排了吧?”

“是,长官,我会带他们去他们该去的地方的,请长官先去休息吧!”负责人喊来一名官阶略小的军官,让他负责关卡处的监督,随即带着朱利安上尉和新来的士兵们去他们休息的地方。

弗兰克行走在人群里，他注意到这个叫迪特玛的地方除了外围用铁丝网围住，在铁丝网和这个“牧场”之间还有很深的沟壑。而沟壑边，还有一圈略矮的铁丝网。就他目前看到的情况，似乎只有关卡这里有一处吊桥可以与外相连。“又是一个监狱，一个更大的监狱！”弗兰克低下头，跟随着人群来到了广场上，一名德国军官正站在广场的高台上等着他们。

人群在广场上停住了，军官开始发话。

“欢迎大家来到迪特玛，我是路易斯上尉，是这个集中营的管理者。”

“集中营，对，这个牧场是集中营。”从未经历过集中营生活的弗兰克突然意识到，“集中营”是这个地方最好的代称。

“在这里，我们可以与大家和平共处，前提是大家要服从我们的管理。大家刚到这里，今天希望大家可以好好休息，至于以后要做什么，这个会通知大家的。下面按性别分开吧，男性站在左边，女性站在右边，接下来的事情会有别的军官带你们做的。”

朱利安上尉刚好也走到了广场上，他对关卡的负责人说：“那人是谁？”

负责人答道：“他是路易斯上尉，考夫曼将军的副手。”

朱利安上尉微微点点头，“他倒是对犹太人很客气。”

负责人尴尬地笑了笑，领着朱利安上尉走了。

来到这里的总计 405 名犹太人按性别被分成了两队，男性 299 名，女性 106 名，他们被分别带往不同的地方。

弗兰克跟随着男性队伍来到了一个小木屋前，德国士兵驱赶着他们进入了木屋。进去之后，所有人都有点不敢相信，他们来到的地方竟然是一个澡堂。池子里的水泛着白色,应该是投入了一些消毒物品导致的。

“快,脱光了滚下去!”一名德国士兵喊着。

于是,在毛瑟枪的压迫下,所有人都脱光了衣服跳了下去。德国士兵则在池子边把犹太人的衣服收了起来,用木板车送出了木屋。弗兰克看着走出去的德国士兵舒了一口气,他摸了摸脖子上的贝壳,幸好他没有在脱衣服的时候将贝壳取下。“现在,那些女孩子们应该也在另一个地方享受着一样的‘礼遇’的,可是站在池子边上的应该还是一群德国士兵。”弗兰克苦笑了一下,把头埋进了水里。

由于德国士兵的注视,没有人在池子里嬉戏,没有一点交流,有的只是水的波动。弗兰克静静地躺着,这是他很久都没有享受过的安静了。突然,他听到从外面传来一声沉闷的响声,像是装满水的玻璃制品落地碎裂的声音,他没有在意,继续享受着难得的安静。

15 分钟之后,他们被要求从池子里爬出来,德国士兵给他们带来了干净的衣服,当然,那是囚衣。

换好衣服的男人们走出了木屋,弗兰克看到不远处有两个德国士兵正抬着一具少女的尸体走了过来。他意识到,这名少女肯定是不愿意在德国士兵面前脱下衣服而被德国士兵杀害的,而他在洗澡时听到的声响应该是枪声。弗兰克闭上了眼睛,不愿再去看,队伍里渐渐有了骚动,有人开始了咒骂,然后迅速在其他同胞的劝解下闭上了嘴。

弗兰克一行随后被领到了一个像仓库一样大的地方,这里将会是他们的“宿舍”,这个巨大的木结构仓库被分为 3 层,每层又被隔成了 20 个房间。

“欢迎来到你们的家。”路易斯上尉从人群后走了进来，犹太人自觉地给他让开了一条道。

“家？”听到这个字，这里几乎所有的犹太人都觉得恶心。

“你们以后会住在这里，不过，这里已经有人先来一步了，都出来吧！”路易斯喊了一声，从各个房间里钻出了一些人，他们也穿着囚服。

“听好了，你们将被分组，而那些先来的人就会是你们的组长，明白了没有？”

犹太人沉默着。

“明白了没有？”路易斯上尉拉过弗兰克，手摸着腰间的手枪。

“明、明白了。”弗兰克被这突如其来的事件吓到了。

路易斯放开了弗兰克，走到门口，突然停下。“最后提醒一句，到哪里都可以尝试逃走，这里也是，不过外面的情况你们也知道，更凶险。何况，你们根本不可能逃出去。”路易斯冷笑了一声，离开了。

看着路易斯的背影，弗兰克感觉到了恐惧，倒不是恐惧死亡，而是恐惧这个根本摸不透的德国上尉。

“好了，按顺序进入每个房间，记得加上之前来的，每个房间5个人，每个房间就是一个小组。”德国士兵开始安排新来的犹太人入住了。

弗兰克被安排到了第八小组，他随着其他三个人走到了房间门口，一个德国士兵走到房间门口朝里喊：“交给你了，埃利！”

“是，长官！”站在房间门口的一个年轻人说着。

弗兰克打量了一下这个年轻人，二十七八岁的样子，个子和弗兰克差不多，属于比较健壮的类型。埃利的脸上很干净，没有胡子，显得十分俊俏。

"这个人居然会是我们以后的组长，组长也是个犹太人。"弗兰克心里念叨着走进了房间。

屋里显得比较狭窄，摆放了五张床。众人坐在了床上继续他们最擅长的沉默，埃利则在门外和德国士兵讨论着一些琐事，显得和他们很熟。当然，埃利对德国人的热心让房间里的人感觉到不舒服，毕竟作为一个犹太人，在这样的环境下和德国人走得近是一种耻辱。

"再见了，长官！"埃利对着德国士兵鞠了一躬。

德国士兵踏着沉重的步子离开了，埃利长叹了一口气，走进了房间。

"大家好，我是埃利……"埃利发现没有人理他，摇摇头坐到了自己的床上。他看到对面的弗兰克对自己报以微笑，虽然很短，但是这瞬间已经被埃利抓住了，埃利也笑了笑倒在了床上。

朱利安上尉换好了一套干净的军装，来到了关卡处等待着考夫曼将军的到来。寒风中朱利安一直笔直地站着，丝毫不敢懈怠，因为他在这路上还做错了一件事，那就是没有把奥马尔带到迪特玛。

一个小时后，远处出现了亮光和人说话的声音，考夫曼将军骑着马缓缓地向集中营行来。将军今年55岁，满脸络腮胡，由于长时间超负荷地工作，他的脸上布满了与实际年龄不符的皱纹，但却有着一双比年轻人更有神的眼睛。

在队伍离关卡还有500米左右的时候，朱利安跑了过去。

"嘿，上尉！你到了。"考夫曼将军显然很期待朱利安的到来。

"是，将军。"朱利安行了一个军礼，牵住了考夫曼将军的马。

考夫曼下了马，拍拍朱利安，示意勤务兵过来牵走自己的爱马，两人开始行走在队伍的最后面。

“这一路还顺利吗?”考夫曼将军关切地问。

“还、还行吧。”朱利安说话有些吞吞吐吐。

“怎么了?语气这么不坚定,这可不像帝国的军人。”考夫曼笑了笑。

“对不起,将军!”朱利安突然停了下来。

“怎么了?”考夫曼愣了一下,继续问。

“对不起,我没能把奥马尔先生带来,他在途中因为误食毒蘑菇,去世了。”朱利安低下了头。

考夫曼将军脱下手套,把它们放进了口袋,苦笑了一下说:“没事,小事情而已。”

朱利安对将军的表现感到很惊讶,问:“将军,您不应该责罚我吗?我没有完成任务,奥马尔是您亲自挑的,应该很重要才对。”

“不,他不重要。”考夫曼将军叹了一口气,“不过他没能到这里很可惜。”

朱利安疑惑地问道:“但他是您的老师,不是吗?他对您的计划应该很重要。”

“他是我的老师,但我的计划,他最多只是一个小小的点缀。”考夫曼将军搭着朱利安的肩膀开始往前走,“我只是在一个很偶然的机会听朋友说他在牢里,原本他应该被处死了,因为他没有任何价值了。但我却想让他多活一会,就和朋友说明,留下了他的命。”

“可您也说过他如果来到集中营,会有帮助……”

“他是个艺术家,艺术到哪都会有作用的。他够老了,没能到是很可惜,不过他没有死在屠杀中,也算是幸运了。”

“将军……”朱利安还想表达自己的歉意。

“不是说了,没人的时候不必这样称呼我吗?”将军笑了笑。

“是的,伯父。”

考夫曼示意朱利安不用再说了,两人一起回到了军官的休息区。

此时此刻,奥马尔正沉睡在那片静寂的森林,他的死是因为他惧怕这个当年恶毒的徒儿,他的死是因为他一直觉得自己是在被考夫曼玩弄于股掌之中,奥瑞、艾丽娅、为德国人工作……他觉得一切都是考夫曼的安排。但其实,考夫曼只是在奥马尔将死之时才发现了他。奥马尔死于恐惧,恐惧让他把一切的不幸经历联系起来,化成了更大的恐惧。他没能兑现自己不去惧怕未知未来的诺言,他也没能活到他可以安静生活的那天。但这,就是战争,生与死的选择只是一念之间的特殊时期。

二、游 荡

一夜的时间，大家都没有说话。

早晨，弗兰克醒来的时候大家还在熟睡，也许是因为旅途的劳累吧。弗兰克起身尝试着推开房间的门，他根本不抱什么希望，可是，门居然打开了，正诧异的时候，一个人从背后拍了拍他。

“很奇怪是吗？”背后的人轻声说。

“嗯。”弗兰克转过身，发现是埃利。

埃利拍了拍弗兰克的肩膀，拉着他走出房间，带上了门，对弗兰克说：“这里的房间晚上从不上锁，只有仓库的大门那会有人看管。”

“这倒是很奇怪。”弗兰克有些诧异。

“没什么奇怪，因为，根本逃不出去。”埃利笑了笑。

弗兰克突然想起了昨天他看到的那些沟壑，微微点了点头。

“考夫曼将军来这儿的时候建的那些观察塔，可以看到集中营里所有的地方，即使你躲过了岗哨，最多也只能跑到那些土沟面前，望沟兴叹。因为，你根本不可能过去，就算你爬过内侧那个矮一些的铁丝网顺利下到沟底,你也没有能力爬上来。即使你能爬上来,你也很难通过外面那些更高大的铁丝网。更何况,你逃跑的过程中随时都有可能被塔上的哨兵击中。真是个可怕的地方,不是吗?”埃利叹了一口气。

“嗯,一个更大的监狱。”弗兰克摇了摇头。

“不过,大家还算活着。来吧,我带你出去逛逛。”埃利走向仓库的门口。

“什么?带我去逛逛。”弗兰克很怀疑自己的耳朵。

“对,逛逛,这里很自由,如果没有活让你干,你就可以到处走,反正你也逃不了。”埃利笑了笑,他也知道,刚来的犹太人是绝对不会相信这件事的。

两个人走到仓库的门口,埃利朝德国士兵笑着鞠了一躬,顺利地通过了。弗兰克开始跟随着埃利在集中营里走着,这片集中营建在一大块荒凉的草场上,虽然占地很大,但地面建筑却不多。他们能看到的只有一些囚犯住的仓库,分布在集中营的东侧;一些零零落落的小木屋(就像弗兰克刚来时看到的澡堂一样)散落在四周;而德国士兵和军官的宿舍和管理办公室在集中营的西侧。中心是一个很大的广场,可以容纳很多人,广场的中央悬挂着纳粹的旗帜。

一路上都有德国士兵在巡逻,虽然没有人上来盘问他们,可弗兰克和埃利还是很警惕,没有说话,因为这两个聪明人都明白,这里的“自由”并不是真的。弗兰克和埃利走到一处树下,看着德国人走远了,埃利开始打开了话匣子。

“你叫什么?”埃利问。

“我叫弗兰克,你是埃利,我昨天听见了。”弗兰克看着埃利。

“你看到我和德国士兵的关系不错,不会和其他人一样讨厌我吗?”埃利笑了一下。

“有什么比生存更重要? 那是一种生存方式,不是你所想的。”弗兰克靠着树说。

“你能确定?”埃利反而显得很执着。

“能,如果真的和德国人同流合污,你还会在这集中营?”弗兰克用眼睛瞟了一下埃利。

“呵呵。”埃利显得很开心,大笑了起来。

“这里除了自由,到底有什么不同呢?”弗兰克问。

“我和你一样不知道。”埃利摇摇头。

弗兰克捡起身旁的一块石子,丢了出去,转过头问:“那你是什么时候进来的?”

埃利沉默了一会,说:“德国人烧了我们的村子,杀了很多人,但是身强力壮的人都留了下来,被带到了这里。”

弗兰克心里震了一下,当然,此时心情低落的埃利并没有注意到弗兰克的异常。

“你看,”埃利指着前面那些囚犯住的大仓库,“那些都是我们建的。我来这一年多了,这里几乎所有的东西都是原先的囚犯建的,当然,还有那些该死的沟,也是我们挖的。”

“难道奥马尔说对了,我们只是来当苦力的?”弗兰克喃喃自语。

“奥马尔? 奥马尔是谁?”埃利问。

“哦,我的一个朋友,死在来这里的路上了。”弗兰克淡淡地说。

“对不起。”埃利把手放在了弗兰克的肩膀上。

“没事,我想你和我都一样,不,整个民族都一样。失去亲人、朋友这样的事情,不是早就习惯了嘛。”话虽如此,两人却同时低下了头。

这时,集中营里突然响起了广播,广播里播放着起床的命令。埃利拉着弗兰克开始往住宿的地方跑去。

“我们接下来会做什么?”弗兰克一边跑一边问。

“劳动!”埃利回答。

“只是劳动?”

“对,就是劳动。我在这一年了,都是一样的日子。”

回到仓库的时候,德国士兵正在发放早餐,早餐是一片面包和一份菜汤。在这里,德国人不屑于点名,因为他们对自己的防卫措施很自信。如果说犯人的名单有了变化,那只能说明有人逃跑了,而这些人在逃跑的过程中也会轻易丢了自己的性命。这么久了,弗兰克他们终于吃到了热的食物,虽然只是一份清汤,里面飘着几片菜叶,但对于他们这些经历过颠簸的囚犯来说,已经足够。

早餐吃完后,一些在厨房做工的囚犯收齐了碗勺,而其他人则在仓库门口被召集了起来。

“今天的任务,是北面的一块草地,你们必须在天黑前把所有的草铲除并把地压平。”一个德国军官喊着。

于是,埃利和弗兰克以及众囚犯带着农具开始走向了北边的草场。

集中营大得超乎弗兰克的想象,在集中营北面还有一些囚犯居住的仓库,那里还有农田、饲养场。

“他们究竟要我们来做什么呢?”弗兰克带着疑问开始了他在这个集中营的第一天正式的生活。

这里是迪特玛,一个集中营?一个农场?

三、"战时天堂"

一天的劳作让弗兰克他们十分的疲惫,德国士兵一直拿着枪在旁督促,没有人敢偷懒。尽管如此,所有人还是略感欣慰,因为有活干就意味着生命可以延续。

那些犹太女性则被派往饲养场里搅碎饲料和整理卫生,还有人被派往了厨房和德军的住宿地做帮工。

这一切似乎说明这里是劳改农场,但战时的劳改农场对于浩劫中的犹太人来说就是天堂。

考夫曼将军坐在自己的办公室里擦拭着自己的照片,这些照片是他加入军营后拍的。或许年轻时候的也有,但是作为帝国的高级将领,谁又愿意摆上那些不伦不类甚至有些掉价的照片呢。

朱利安上尉敲了敲门,考夫曼示意他进来。

"小伙子,这么晚了还来找我。"考夫曼笑了笑。

"是,伯父,正好有很多事来和您讨教。"朱利安搬了一张椅子坐在了办公桌的对面。

“你父亲还好吗?”考夫曼问。

“还好,他已经随军去了法国。”朱利安笑了笑,“您还是很担心他啊,他已经不是小孩子了。”

“对,他不是,你是。所以,才把你这样一个孩子托给我管。”考夫曼将军走到了朱利安的身边。

朱利安起身,却被考夫曼将军压了下去。

“可我已经不是孩子了,将军,我也是帝国军队的一员。”朱利安似乎有些不满。

“不,孩子,如果你父亲不是军人,说不定你也不会加入军队。”考夫曼走到了窗边,拉开了窗帘,望着微微泛光的集中营。

“为什么这样说,伯父?”朱利安问。

“因为你太善良,从小就这样。”考夫曼将军转过身,拿出了一支烟,点上了,“你父亲和你谈过让你到这的原因了吗?”

“父亲只说,我不适合上战场。”朱利安接道。

“嗯,对,他说得没错。”考夫曼点点头。

“但我好歹也是军人,虽然对有些事并不是很习惯,可只要是命令,我就一定会执行的。”朱利安反驳道。

考夫曼将军摆摆手:“我从小看着你长大,明白你的性格,这也是我为什么和你父亲决定让你来这的原因。”

朱利安沉默了一会,抬起头:“伯父,我一直有个问题,您已经是将军了,可是为什么一定要到这荒凉的地方来看管集中营?”

“是我主动向上级提议的,他一开始也不理解,不过最后他还是妥协了。”考夫曼说。

“父亲也说过,这里和别的地方很不同。”朱利安继续着话题,

“伯父,你到底是怎么想的? 迪特玛到底是……”

“这里是我为帝国做的一场试验。”考夫曼将军坐到了自己的椅子上,“外面的事情你看到的够多了吧? 对犹太人的杀戮已经够了,不能再这样继续下去了。”

“可是犹太人是我们的敌人。”朱利安不解地说。

“你心里是这样想的吗? 如果你心里真的也是这样想的,你父亲就根本不怕你胜任不了现在的职位。”考夫曼将军看着沉默的朱利安继续说,“其实犹太人是不是我们的敌人并不重要,重要的是他们已经完成了他们的使命,接下来要做的是怎样继续利用他们。”

“使命,他们的使命?”朱利安站了起来,“什么使命?”

“让国家团结起来。”考夫曼将军严肃地说。

“这算什么? 我不懂!”朱利安看着自己的伯父。

“你会懂的。”考夫曼将军继续走到窗前,指着不远处囚犯们的宿舍说,“而现在,没必要再进行更大的杀戮了,我们是时候让犹太人成为我们的劳动力了。”

“所以这个集中营里的囚犯才会一直劳动?”朱利安恍然大悟。

“对,但是还不够完全,我还要把这里建成一个小的城市。这是我为帝国试验的一种模式。”考夫曼将军严肃的脸上又露出了笑容。

“所以,奥马尔先生,不,我注意到了来这儿的有一些老人都是艺术家,他们?”

“他们将是城市的点缀。”考夫曼笑着说,“我说过,艺术到哪里都是有用的,你也不希望在这里的生活单调得要命吧。”

“可是,您就没想过在别的农场一样可以试验,为什么非得自己建造一个?”朱利安的疑惑似乎没有因为考夫曼将军的笑而消除。

“不可能,德国境内几乎所有的农场都离城市很近。你得明白,德国人对犹太人的仇恨经过这几年的发展已经到了没办法控制的地步了。即使犹太人在农场里被人杀了,也不会有任何处罚。所以,我必须把那些犹太人带到远离城市的地方,于是我选择了这里——迪特玛。"考夫曼将军对自己的选择显得有些得意。

"这样,可以拯救那些犹太人。伯父,看来您现在也同情他们了。"朱利安笑了。

"不,没有同情,只是他们的死已经没有意义了。我们现在的敌人是全世界,不是犹太人了。我只能想办法让他们多做些对帝国有利的事情,那样,他们的死就又有意义了。现在,我只是申请来这做些试验,如果成功,这个计划将被推广。"

"什么计划?"朱利安问。

"战时天堂计划,犹太人的战时天堂。"考夫曼将军走到朱利安身边拍了拍他。

"伯父,你真的是让我大开眼界。我明白我父亲让我来的原因了。"朱利安笑了笑。

没想到这时的考夫曼将军却叹了一口气:"不,孩子,你还不明白。"

"伯父……"朱利安刚要说话,却被考夫曼将军制止了。

"我累了,先休息了,你也休息吧,以后你会慢慢学习到很多东西的。你只要先明白一件事,这个计划是为帝国,不是为了拯救犹太人。"

"我会记得的。"朱利安起身走了出去。

"战时天堂?"朱利安带着疑惑和欣喜。

四、梦　魇(2)

风吹着院子内的树叶，窗帘也四处摆动，在这个深秋的季节显得格外美丽。

蒂娜扶着秋千，坐在风中，等待着弗兰克给他倒来香浓的咖啡。

“好了好了。”弗兰克手捧着滚烫的咖啡，小心翼翼地从屋内走了出来。

“你以前可没有煮过咖啡，可别告诉我这是第一次哦。”蒂娜看着弗兰克，一脸坏笑。

“我煮过，真的，为我父母。”弗兰克把咖啡放在秋千旁的石桌上。蒂娜起身刚要去拿，弗兰克连忙阻止，“小心点，很烫的。”

蒂娜用手指轻轻地碰了一下杯壁，端起了咖啡。弗兰克站在旁边，显得十分紧张，“慢点，太烫了，喝不出味道。”

“好香啊，喝咖啡？”弗兰克的父母挽着手从后门走了进来。

“爸爸，妈妈。”弗兰克不好意思地站在了秋千旁。

“伯父，伯母。”蒂娜把咖啡放下，“弗兰克以前从没给我煮过咖啡，这可是第一次呢。对了，他煮的咖啡，味道怎么样啊？”

弗兰克突然脸红了，手也不停地摆弄着。

“他啊？”弗兰克的父母相视一笑，“他煮的咖啡，味道很好。”

母亲走到弗兰克的身边，为他整了整衣服。

蒂娜放心地拿起杯子，正准备喝的时候，突然远处传来了枪声。

“怎么回事？”弗兰克正准备走到门口看看，却被父亲叫住了。

“肯定不是什么好事，不用出去了，肯定是那帮士兵来闹事了。”拄着拐杖的父亲叹了口气，“最近本来就不太平，村子里许多犹太人都被抓走了。”

“我们现在该怎么办？”弗兰克问。

“没关系，我是老军人，是战斗英雄。我有铁十字勋章，他们奈何不了我。”父亲示意弗兰克和蒂娜进屋去，这时门被撞开了，进来的人是弗兰克从小一起长大的兄弟丹尼。

“快走吧，伯父，弗兰克，快收拾东西。”丹尼气喘吁吁地说。

“是那些士兵吗？”弗兰克的父亲问。

“对，是他们，应该很快就到了。”

“那有什么可怕的，丹尼，你父亲留给你的铁十字勋章呢？”老人家显得很激动。

“勋章……”丹尼沉默不语。

弗兰克的父亲激动地问：“到底怎么了？有什么话你说啊。”

“伯父，这些士兵昨天去了伦兹村，您和我父亲的老战友迪姆被他们杀了。”丹尼低下了头。

“这群人渣！”老人快步走向门口，却因为伤腿的关系，摔倒在地。

“爸爸。”弗兰克冲上前扶起了自己的父亲。

“孩子，现在逃走恐怕很危险，他们已经疯了，连战斗英雄也……孩子，你们听好，丹尼快回家整理一些必要的东西然后到我家来。弗兰克，你去帮蒂娜整理，速度要快。”弗兰克的母亲扶住自己的老伴，三个年轻人分头走了。

“我们恐怕过不了这一关了。”弗兰克的父亲亲吻了自己的老伴。

“没关系，只要孩子们能活下去就好。”两位老人的手紧紧地攥在一起。

5分钟之后，孩子们都回来了。

“听着，孩子们，蒂娜，丹尼，你们的父母都不在了，但是我是你们的长辈，你们必须好好记得我说的话。”弗兰克的父亲拉过蒂娜轻声对她说，“蒂娜，孩子，以后的日子需要你和弗兰克一起度过，好好照顾他。”蒂娜瞪大了眼，一句话也说不出。“还有，丹尼，你和弗兰克一样，都是我的儿子，好好活着，明白吗?”丹尼木木地点点头。

“好了，现在你们带着一些逃亡必要的东西快藏到地窖里，我和你妈妈会把入口掩饰好。快!”

“可是爸爸，你!”弗兰克喊道。

“没事的，我有铁十字勋章。”弗兰克的父亲淡定地说。

“可是迪姆叔叔他……”丹尼欲言又止。

“他脾气一向不好，也许是他倒霉，说了什么话刺激到了那些年轻人。”弗兰克的父亲笑了笑。

“爸爸……”

“如果你还当我是你爸爸就给我下去。”父亲的脸变得严肃起来，“等你们上来的时候，也许一切都过去了，不用逃走。”

弗兰克点点头，把蒂娜扶进了地窖，又转身出来把丹尼和其他东西也带了进去。

“弗兰克，”父亲喊住了他，“孩子，这些钱你拿着，或许有用，还有这个。”父亲摘下了脖子上的贝壳项链。

“爸爸，为什么把这个给我？”弗兰克拿着钱和项链还没反应过来，就被父亲推进了地窖。

父母马上锁上了地窖，父亲朝着地窖里喊，“如果你们确定外面没事的话再想办法出来，对不起，必须锁着，不然会被怀疑。”

说完这些，他们就离开了。弗兰克在里面拼命地捶打着地窖的门，但没有任何反应。

后来，他累了，就安静了下来，蒂娜和丹尼也没有说话，一直安静着。

躲在地窖里的时间十分难熬，外界的声音几乎一点都听不到。三个人就这样坐着，弗兰克和蒂娜都在潜心祈祷，而丹尼却一脸木然。

外面的地面开始震颤起来，也许是汽车，也许是坦克。可是三人却只能安静地躲在地窖里，什么都做不了。

10 分钟后，地面传来剧烈的震动，爆炸声甚至传到了地窖的最深处，三人都被声波震晕过去。

“啪嗒，啪嗒。”滴水声让三人慢慢地醒来，也不知道过了多久。丹尼确认了外面已经没有声音之后，弗兰克迅速地推开了门出去了。爆炸，让那把锁成为了一堆废铁。蒂娜紧接着也跟了出去，丹尼则是最后一个。

三人虽然出去的顺序不同，但在看到外面场景的第一时间做出了相同的反应,那就是捂住了嘴巴,任泪水流了下来。

父亲和母亲都已经倒在了地上,父亲压着母亲,像是死之前为了保护母亲,而父亲的身上,则堆满了碎石。整个家已经成了一片废墟,不,确切地说,是整个小镇,成了一座死城。

弗兰克缓缓地走到父母的尸体旁,跪了下来。父亲的手上还拿着那枚铁十字勋章,弗兰克发疯似的把它抢了过来,丢到了外面。

“爸爸!”弗兰克低声抽泣着,为了不被人发现。

蒂娜此时除了哭,已经不会做什么了。

“爸爸。”弗兰克开始扒开父亲身上的石头,可是越往里扒弗兰克的泪水就滑落得更多,父亲的半边身体已经完全被压扁了,血在地上摊成了很大的一块。身体和衣服已经完完全全揉在了一起。

“弗兰克,别再扒了!”丹尼走了过来,他的眼里也是湿润的。

“爸爸,妈妈。”弗兰克重复着这两个最崇高的名字,像个刚学会说话的孩子。

远处传来了枪声,丹尼走到院子里看了看,回来说:“那些人在搜索山林,我们的时间不多了,我们必须马上走,在他们回来之前。”

可是弗兰克和蒂娜还是一动不动。

“起来,懦夫!”丹尼一把抓起了弗兰克,“别让他们的死,变得毫无意义。”丹尼摇晃着已经呆若木鸡的弗兰克。

看到弗兰克这样,丹尼不忍心把他扔在地上。

“让我安葬完他们吧!”弗兰克抬起头,泪水顺着脸颊滴落在地面上。

“来不及了,弗兰克。”丹尼蹲下来,“蒂娜,扶着他,蒂娜!”

蒂娜虽然也很悲伤,但显然她更懂丹尼话中的意思,她走了过来,扶起了弗兰克。

丹尼开始走到地窖，拿了一些东西出来，搀着弗兰克准备离开，可是弗兰克却像磐石一样，呆呆地看着父母的尸体，不肯离去。

丹尼叹了一口气，走到原先客厅的位置找寻了一会，在已经破碎的玻璃缸里拿出了两颗鹅卵石递给弗兰克。

弗兰克拿着石头，爬到父母的身边，把他们塞到父母的手里。

“等等，弗兰克，”丹尼走了过来，“别让他们知道，尸体被动过。”丹尼取出尸体手中的鹅卵石，放在了尸体旁的碎石中。

然后，丹尼不由分说地拉着弗兰克离开废墟，虚弱的弗兰克任由丹尼摆布着。在离开院子的那一刹那，弗兰克看到了丢在地上的咖啡杯。

“对不起，对不起，爸爸妈妈，这辈子，你们没喝过儿子亲手煮的咖啡……”

五、小　组

弗兰克和埃利坐在田埂上吃着午餐，他们组其他两个成员大卫和吉里则坐在离他们很远的地方。来到集中营的三天，大卫和吉里几乎就没和弗兰克他们说过话。而此时组里的第五个成员，也是组里最老的成员荷西正因为感冒待在了仓库里。

“他们还真不好沟通，不是吗?”埃利啃了一口面包，望着大卫和吉里。

“这种特殊的时候，人谨慎点也是可以理解的，我们受的苦够多了。”弗兰克睡到旁边的草地上，用双手枕着头说。

“这么说你不够谨慎?”埃利笑了笑。

“烂命一条。”弗兰克调侃着。

“得了吧，就你说过的那些经历，谁会相信你会轻易去死。”这三天的相处，弗兰克已经把自己的一些事告诉了埃利。

“喂，我可早说过，我告诉你的事，别总是提。”弗兰克突然坐了起来。

“好好好,你当我刚才犯浑吧。”埃利继续吃着他的面包。

下午5点,天已经漆黑,弗兰克一行拖着疲惫的身体回到了仓库,恰巧碰到德国士兵在分发食物。

弗兰克脱下湿湿的囚服,扔到了床上,马上换上了一件背心,突然听到门口吵了起来。

“四份,就只有四份。”德国士兵不耐烦地说。

“可是我们有五个人!”大卫冲着士兵抱怨。

“五个?今天点名的时候你们小组只有四个,只有四个人干活。”士兵挽了挽袖子。

“长官,我们这有人生病了,不信你看!”大卫让出身子,好让士兵能看见正躺在床上的荷西。

“哦,是的,生病了,那又怎么样?”士兵盯着大卫。

“我们已经和路易斯上尉请示过了,我们……”大卫解释着。

“是,怎么了?你们请示的是他,这个老头子可以不用去上工,可是你们有请示要在不上工的情况下给他饭吃吗?”士兵咧着嘴笑了笑。

“你们,你们不能不讲道理吧!”大卫有些急了。

“道理,你以为这是哪?教堂?感化院?这是集中营,记得你的身份,你要和谁讲道理?”德国士兵也走了上来。

“怎么了?”门口守卫的士兵也走了上来。

“没什么,这位兄弟,似乎对我们很不满。”那个德国士兵扭头喊着。

“长官,这小子是欠抽。”突然,一个声音响了起来,原来是弗兰克和埃利走了出来,刚才的话就是埃利说的。

“你说什么?”大卫朝埃利喊道。

“你给我闭嘴。”埃利给了大卫一个耳光,大卫正要发作,却发现强壮的弗兰克在背后抱住了他。

埃利弯下腰,熟练地和德国士兵谈了起来:“这小子刚到,还不明白自己的身份,就是欠管教,当然,我也有责任,不如就让我回去修理修理他。”

见德国士兵有些犹豫,埃利接着说:“长官,您看,这家伙要是被打得不成人形,我们也担待不起,我这小组已经有个病老头子了,要是明天再少一个的话,我这……”

那三个德国士兵笑了笑,起初分饭食的那位拍了拍埃利的肩膀说:“你小子,还不是为自己着想,对了,埃利,你现在是组长了。”三个士兵随即大笑起来。

“是,是,是。”埃利也跟着赔笑。

“那你好好管管他,这小子下次还这么不识管教,运气可没这么好了。我事情还多得很,犯不着在这里耗时间。”德国士兵说完,指了指大卫,转身走了。埃利在他们背后鞠了一躬,转身示意弗兰克把大卫带进房里。

弗兰克利索地把大卫推了进去,埃利则把门口的四份饭食拿了进来。

“你们想怎么样?”大卫坐在床上,怒视着埃利和弗兰克,“走狗!”大卫从嘴里蹦出了这个词语。

弗兰克摇摇头,也坐在了自己的床上,埃利则把一份饭食送到了荷西的手里。

“你这个白痴。”埃利一边帮着荷西直起身来,一边骂着。

“我怎么了?”大卫嚷着。

“这是集中营,永远不要对那些士兵说不!”扶好了荷西,埃利转过身来,

“看来,你在外面经历得还不够多。”弗兰克也说了一句话。

“你、你什么意思?”大卫的情绪有些平复下来了。

“这里没有真理,他们就是真理。向他们提要求,再合理也得看他们的心情。”埃利瞪着大卫。

“我……”大卫无话可说。

“大卫,咳,咳,埃利说得很对。”病重的荷西也发话了,“谢谢你为我打抱不平,可是大卫,你这样很容易害了自己。”

弗兰克走到荷西身边,示意他不要说话。大卫愣愣地盯着荷西,半天终于冒出了一句话:“对不起,我太鲁莽,我的饭就给荷西吧。”

“当然是你的,难道还是我们的?”一旁的吉里也说话了,大卫看了吉里一眼,吉里马上撇过了头。

“不,大家都累了一天了,谁都不能饿着。这样吧,我们把余下的饭分成四份,少吃一点不会死,但是不吃……”埃利把三份饭食摆到了一起,又转身去拿荷西原本空着的碗。

“可是,可是那里面有一份,是我的!”吉里开始抱怨。

“你有意见可以和我说。”弗兰克站了起来。

“不,没、没有。”吉里缩到了一旁。

埃利把一份汤送到了大卫面前,又掰下了半块面包。大卫不敢接受,埃利抓起大卫的手,把面包塞了过去。“听着,大卫,在这里一切都是为了活着,你得学会去忍,甚至像我这样,但是必须要活着,没必要去招惹他们。”

“嗯。”大卫点点头,把面包塞进了嘴里。

埃利满意地坐到了床上，把饭食分给了弗兰克和吉里，三人也开始狼吞虎咽起来。埃利笑着说："这样不是挺好，干吗小组里面还要冷战，现在，我们可都是一家子了。对了，虽然知道了你们的名字，可是你们还没好好介绍自己呢。"

大卫放下了汤碗，说："我叫大卫，24 岁，原本是一个机电工，家里人全死了，是在慕尼黑，后来被送到了这里。"

吉里也抢着说："我叫吉里，26 岁，原本就是个孤儿，以前也喜欢在街头做些自由的职业。"

埃利看着他们说："这样很好，我叫埃利，28 岁，家就在附近，但是在哪个方向已经记不得了。我来这很久了，一年了。对了，这是弗兰克，我们都一样，都是孤身一人了。"弗兰克也笑了笑。

"不。"一个苍老的声音响了起来，是荷西。

"怎么了?"众人问道。

"我不是孤身一人，我女儿也在这里，我们也是在慕尼黑被捕的。不过，都活着来到了这里。"

"女儿?"吉里笑了笑，"对了，这里有女孩子的，不过可惜没什么机会和她们见面，她们不是在厨房就是在，在那个猪圈。"

"会有机会的，咳，咳。"荷西喝了一口汤，又开始咳嗽。

"荷西，你和我们比年纪可大了很多，身体也没我们壮实，好好休息吧。"弗兰克对荷西说。

荷西点点头，把汤碗放到了身边的桌子上，躺了下去。

"大家也早点休息吧，明天还有更多的事情呢。"埃利也放下碗，他发现大卫在看着自己欲言又止的样子，就爬了过去拍拍大卫的肩膀，"只要以后都是朋友就好，只要活着就好。"弗兰克也朝大卫点了点头。

第二天，五个人的小组还是只分到了四份饭食，但是，依然没有人因此而挨饿。

六、绿色的梦

清晨，小组里的人还在熟睡，弗兰克和埃利却早已起身，就像是约好的一样。如果埃利是习惯早起的话，那么弗兰克则是想多体验一下每日劳作前这份难得的“自由”。

弗兰克和埃利走到仓库外，沿着已经修好的大路行走着，一路上他们刻意躲避着士兵们的目光，所以十分沉默。在一处待建的营房旁，他们停下来坐在了一旁的石料上，享受着太阳将至前的清新。

“我说了许多自己的事情，现在我倒是很好奇你的故事。”弗兰克淡淡地说。

“我的？”埃利挠挠头，一脸的困惑。

“你就好像一张白纸。”弗兰克把手搭在了埃利的肩膀上，笑着说：“虽然你身上有着一些被生活所迫展露出来的狡黠，但我依然可以感受到你内心的纯真。”

“我的故事和你相比，我倒是一个真的没有故事的人了。”埃利苦笑着回答，“不过，在我们村子里，那些老人们也总是说我像一个永远长不大的大男孩。”

“因为你保持的那份纯真?”弗兰克捡起地上一块碎石,远远地丢了出去。

“也许是吧。”埃利点点头。

弗兰克凝视了一下四周,转过头问:“对了,你说过这里很多建筑都是你们建的,那你的村子肯定离迪特玛不远喽?”

“是的,但是我已经不能肯定村子的方向了,我们是被他们的车子装过来的,走了一天一夜,所以我想肯定不远。”埃利回答。

“你经历的旅程倒是很短嘛。”弗兰克摸了摸自己凌乱的胡楂。

“嗯,不过和你一样,过去的只剩下回忆了,村子也在我们来的时候消失了。”埃利的表情有些悲伤。

“我记得你说过,那你过去的生活呢?”弗兰克挪了挪自己的双脚。

“我的生活,太简单了。看看我现在,和过去也没什么太大的区别,我本来就是一个农民,一个地地道道、日出而作日落而息的农民。”

“你的家人也都不在了?”弗兰克问完这句话顿觉有些失言。

“他们,好像就没有存在过。”埃利无奈地摇摇头,“在我很小的时候,村子里流行了一场大瘟疫,我的父母在那场灾难中都死了,只剩下我和我的爷爷相依为命。”

“那德国士兵找到你们的时候,你的爷爷……”弗兰克欲言又止。

埃利摩挲着自己的手指说:“我的爷爷没有死在他们手里,他走的时候很安详。”

“这也算是一种幸运吧,没有死在屠杀之中。”弗兰克试着安慰埃利。

“是的,爷爷走的时候我只有 12 岁,记忆也很模糊。他是个农民,一辈子的一个老农民,所以他教会了我种地,而我也很喜欢沉浸在那份与土地打交道的喜悦里。”

“所以你常说你孤身一人,但你却和这里的许多人不一样,至少你没有太多悲惨的回忆。”弗兰克的眼中似乎有了一分微弱的羡慕之情。

“不,都一样。”埃利叹了一口气,“虽然我从小就孤苦一人,但我还是受到了村里不少人的照顾,那个远离世俗的山村本来就是一个大家庭。”埃利顿了顿,用左手轻抚着身旁的一棵小草接着说道,“好纯粹的绿色！我呢,你也看到了,虽然习惯了这里的生存之道,但我就是一个简简单单的人,在被抓来之前,我唯一想做的事情就是守护好那片属于我自己的土地。”

“纯粹的绿色,一个纯粹的散发着泥土芬芳的梦!”弗兰克使劲捏了捏埃利的肩膀。

“我一直就像个长不大的男孩子,村里人都是这么认为的。因为我奔跑在田野之中的时候、劳作在山水之间的时候,是那么得忘乎所以,直到那一天……”埃利的眼中闪烁出了一丝惊恐,“那天,我还和往常一样在田间整理着麦苗,邻居的一个小男孩和我在一起,他就好像是小时候的我一样,带着快乐的心情崇拜着这片土地。他欢笑着在田里游戏,和我说着自己的梦想,突然,我们听见了汽车开近的声音。起初,我们俩没有在意,但车子越来越多、越来越多……”埃利说着用双手抱住了自己的头,“我们快步赶回村子,可是在半路上就听见了枪声,接着村子就着起火来。”

“火,该死!”弗兰克用拳头重重砸了下身旁的石料。

“是的,火。”埃利没有注意到弗兰克的变化,继续说,“当然,我们也听到了村里人的惨叫。那孩子很机灵,说我目标太大,不能直接回去,让他去探探发生了什么。他走了之后,我很惊慌,始终等不到他回来,我就偷偷地抄小路来到村子的后方,结果我看到了……焦黑的房屋,凌乱的道路,还有,一地的尸体。”埃利伸出右手,用牙齿使劲咬住了手腕以便控制住自己的情绪,“当我忍受不了冲出去的时候,我突然眼前一黑倒了下去,我被人打晕了。醒来的时候,我已经在汽车上,车子里坐着的都是和我年纪差不多身强力壮的小伙子,而老人、妇女和孩子……”说到这里,埃利的左手一颤,那棵小草被硬生生地拔了起来,“我在赶回村子的路上看到了那个邻居的孩子,他躺在冰冷的地上,脑浆混着血水涂满了他的身边,后来我才知道,那聪明的孩子为了躲避搜查爬到了树上,可惜他还是被发现了,被乱枪打了下来。”说到这里,埃利抑制不住自己的情绪,把头埋了下去低声抽泣。

“对不起,”弗兰克摇摇头,“我原以为你的经历不至于如此……”

“如此悲惨是吗?”埃利缓缓抬起头,眼睛通红,“这里无论是谁都会有故事,而故事的主线就是离别和死亡。”

“是的,每一个人。”弗兰克双手背在身后撑着身体,仰视着天空。

“快回去吧!”埃利用手一把抹过了双眼,“快到集合的时间了。”

“嗯。”弗兰克应着,随即站了起来。

“等等。”埃利叫住了弗兰克,“等我一会!”

弗兰克转过身,看到埃利蹲在地上挖出了一个小坑,将刚才拔出的小草放了进去又掩埋了起来。

“我伤害了你的生命,真是抱歉。”埃利自言自语着。

“这就是你的梦吗?”弗兰克心想着,“一个多纯粹的梦,绿色的,却被这样静静地埋藏,也许再也没有实现的可能了吧?”

天空中,太阳露出了真容,透过这个季节漫天乌云的缝隙,将丝丝点点的光芒透射下来,可是又忽隐忽现。

七、与天使的邂逅

早晨7点，迪特玛集中营的天空刚刚现出一丝光亮，所有的囚犯都已经走上了自己的工作岗位。

弗兰克无聊地站在一座在建的房子边涂着水泥，大卫和吉里在旁边忙着切砖头，大病初愈的荷西也匆匆加入了劳动的行列。小组里，只有埃利凭着自己的关系拉到一个好活，就是去运送物料，他可以坐在德国士兵的汽车上到处转悠。

弗兰克和着水泥，吉里则在发着牢骚。

“哎，早知道有这样一个地方，我就跑到这里四处转悠，早点被抓进来。好歹也是个组长，凭我的性格，不会比埃利差的。现在，我却要在这里干着粗活，想起以前的生活真是惬意。”吉里无奈地摇摇头。

大卫随即拿着手里的砖头轻轻拍了一下吉里，吉里躲在一旁直喊疼。

“你这样喊疼的样子像个男人吗？”大卫抖了抖手里的砖头。

“我只是随便说说嘛，和自己说，也不行嘛?”吉里摸着自己的脑袋。

“谁都会怀念以前的生活。”弗兰克拿起和好的水泥，涂着墙壁。

“咳咳，”荷西显然病还未完全好，“你们就别吵了，别忘了我们边上还有很多特殊的‘朋友’。”荷西的眼睛向远处站岗的德国士兵瞟了瞟。

“我只是，想想自己辉煌的过去。”吉里辩解着。

“你，你有什么辉煌的过去?”大卫大笑起来。

吉里急得脸都红了：“我，我自己想，不用和你们说吧?”

两人吵得正开心，突然，一个很不和谐的声音响起了，“嘿，朋友们，你们好像笑得太过分了吧？你们这是在干活吗?”

众人回头，发现路易斯上尉正站在他们背后。路易斯踏着沉重的步伐走到工地上，手中的马鞭被捏得“吱吱”作响。顿时，所有人陷入了沉默，荷西直摇头，这群年轻人实在精力过剩得让他头疼。

吉里和大卫似乎都准备好了接受处罚，可是路易斯上尉却说：“你们的工作都能按时完成，但我要提醒你们，这里不是乐园，如果下次你们还是这不正经的样子，我一定会让你们趴着度过自己的夜晚。”说完，路易斯上尉转身走向了旁边守卫的哨兵，“小伙子，你就是这样督导这群囚犯的?”哨兵低下头，路易斯瞪了哨兵一眼，离开了。

吉里他们看着路易斯上尉远去，叹了一口气。这时，远处的上尉啐了一口唾沫，骂了一句“什么命令，也不知道将军是怎么想的，居然不能惩罚那群犹太人”。

将军走后，哨兵走到了吉里他们身边，笔直地站着，可是居然什么话都没说。哨兵的眼神像是因为刚才的挨骂要吃了大卫和吉里，看得这群囚犯直发毛。

弗兰克走过来拍了一下吉里，“伙计，开工了。”于是吉里和大卫乖乖地继续切着他们的砖头。弗兰克看了看那哨兵，一脸疑惑，“这群人到底想要做什么？”

中午休息的时候，埃利终于露面了，他一脸兴奋地跑到小组成员这里，一把拉过正在啃面包的弗兰克，“嘿，兄弟们，知道我看到什么了吗？”

“什么？”弗兰克拿开埃利搭在自己肩膀上的手。

“天使！”埃利一屁股坐在地上。

“什么，在这里？”吉里笑了起来，“你是不是还见到救世主了？”

“是不是看到漂亮的女孩子了？”弗兰克看着花痴般的埃利，无奈地抛出一句。

“你猜对了，我真的看到了，今天运木料的时候，我看到很多在军官宿舍帮忙的女孩子，不过，里面有一个真的很漂亮，就像是天使。”埃利开始努力回忆那女孩子的美丽。

“真的，有多漂亮？”吉里和大卫也显得很好奇，只有弗兰克和荷西继续吃着食物，不去理会这无聊的话题。

“我，我说不出来，我想以后我们会常见面的。”埃利答道。

吉里和大卫就像被浇了一盆冷水，用鄙视的眼神看了看埃利，也到一旁坐下了。

“喂，我今天下午不用去运送木料了，我留下来帮忙，要我做什么？”埃利问。

“你，你还是消失在我的眼前比较好。”吉里调侃道。

“你说什么？”埃利走上前，装出要打吉里的样子。突然，一个哨兵走上前喊着：“休息时间到了，继续开工。”众人赶紧把手中的面包塞进了嘴巴,走上了工地。

埃利却站在那里愣了一会,“我还没吃午餐……”

夕阳照在这片神秘的土地上,房屋的影子斜斜地投射在工地,弗兰克他们靠着石料,享受着一天工作后难得的休息时间。

突然,埃利凑到弗兰克的身边,小声说:“天使,你看!”

弗兰克转过头,发现旁边的田埂上,一群女囚犯正抱着德国士兵的衣物走了过来。“你说的是哪一个?”弗兰克问道。

“那个,金色头发,皮肤雪白的那个。”埃利偷偷地指了一下,便不再说话。

弗兰克顺着埃利手指的方向看去,果然在那群女囚犯中发现了一个长相可爱的女孩,金色的、卷卷的头发,白皙的皮肤,个子还算中等。不过这实在对弗兰克构不成吸引力,因为在他的心中只有一个叫“蒂娜”的妻子。

“哦,是她,还好吧!”

埃利瞪了弗兰克一眼,对弗兰克的回答很不满意,然后继续故作镇静在弗兰克背后偷偷地看着那女孩。那女孩面无表情,似乎若有所思,突然,那女孩朝弗兰克这边瞥了一眼,脸上露出了微笑,抱着衣服就跑了过来。

埃利紧张得不知所措,对弗兰克说:“她,她过来了。”吉里和大卫似乎也发现了走近的女孩子,也被那女孩的美丽吸引住了。看着这群面露喜色的兄弟,弗兰克无话可说,想站起身,却被埃利紧紧地抓住,继续充当挡箭牌。

女孩走到离弗兰克他们很近的地方,突然站住了。一切似乎陷入了沉默,女孩轻轻地喊了一声“爸爸”。形势急转直下,众人面面相觑，一脸疑惑。

就在这时，在一旁休息的荷西突然转过身，布满皱纹的脸也渐渐舒展开来，“蜜莉。”女孩快步走到荷西的身边，抱住了他。

“爸爸？”埃利呆在一边。

“爸爸。”弗兰克玩笑似的重复着埃利的话。大卫和吉里也向埃利他们靠拢过来。

“孩子，你没事就太好了。”

“爸爸，这也是我最想说的话。”

“你现在在哪里？”

“在军官的衣物盥洗房工作，现在过得还好，爸爸，我现在就住在那边的7号仓库。”蜜莉指了指北方。

“嗯，爸爸也没事，住在1号仓库。”

父女俩开始攀谈起来，完全不顾旁边人的存在。

“蜜莉，放心，和我一个小组的人都很不错，他们都在这儿。”荷西终于把话题引到了众人的身上。蜜莉也把头转向了这边，埃利、大卫和吉里尴尬但面带激动地准备和蜜莉打招呼，但这时田埂边一个年纪稍长的女孩子喊了一声：“蜜莉，快点，要迟到了。”

蜜莉应了一声，对荷西说：“爸爸，我得回去了，知道您一切平安就好，以后，我会经常去看您的。”蜜莉和荷西拥抱了一下，拿起衣物，跑回了队伍里。

看着蜜莉远去的身影，埃利走到荷西身边，“她是你女儿？”

“嗯。”荷西轻轻地舒了一口气，在广场分别后，他一直在担心女儿的命运，“她叫蜜莉，今年19岁。”

“她以后应该会经常来看我们吧？”吉里凑了上来。

荷西上下打量了一下这个尖嘴猴腮的家伙，丢下一句：“是我，来看我，没有我们。”说完走到了弗兰克身边，和弗兰克相视一笑。

“她真的是一个天使。”埃利暗自喜道。

晚上休息的时候，大家都很沉默，哦，不如说是尴尬吧，荷西发现了气氛的不对，独自去了盥洗室。随着他的离开，囚室里的话题开始了。

“想不到她竟然是荷西的女儿。”埃利首先发话。

“是荷西的女儿就更好办了。”吉里对这样的话题是绝对不会放过的。

“你什么意思?”埃利不解。

“这样，我们反而更有机会和理由去接近她啊。”吉里得意地笑着。

“我们?”埃利看着吉里。

吉里愣了一会，马上改口说：“当然，是为了你接近她嘛!”

埃利点点头，拍了吉里一下，“是我先发现的，你可别打算盘。”

“好，”吉里大声地回答着，马上低声地说：“这种事还有先来后到的道理啊。”

“可是和荷西在一起会很尴尬啊，何况他今天应该在旁边听到我们说的话了。”埃利对自己的草率懊恼不已。

“你可以去掉应该这个词。”吉里打趣地说。

“那怎么办呢?”埃利也愣住了。

“要不就摊牌? 直接和他老人家说，你喜欢他女儿?”大卫插了一句。

“这，行不通吧? 我也会不好意思的。”埃利答道。

“这有什么，反正都知道了，藏着反而不好。”大卫摸了摸头。

“都怪我今天说得太快了，怎么就那么巧。”埃利一屁股坐在自己的床上。

“还是不要说的好。”躺在床上的弗兰克突然发话了。

“弗兰克，兄弟，你这是什么意思？”埃利急忙问。

“你今天的表现确实把事情弄得糟糕透了，荷西一定会把你当成一个轻浮的人吧？”弗兰克笑了笑，“那是肯定的，换成是谁，女儿被一个才见过一次面的人说成是天使都会觉得可笑，他一定觉得你不诚心。”

“嗯嗯，”埃利拼命地点着头，“可是我接下来该怎么做？”

“如果你是真的喜欢她，那就证明你的诚心，在荷西面前做给他看看啊，消除他的戒心，也许会有机会。”弗兰克打了一个哈欠。

“对，弗兰克，看来还是你们经历过的人懂得多，就这么办。”埃利在摩拳擦掌了。

“喂，你对那女孩子是真心的吗？你还不了解她。”弗兰克泼了埃利一头冷水，“你和她说过话？”

“说过。”埃利不好意思地说。

“什么时候？”弗兰克坐了起来。

“她走的时候和我打招呼了。”埃利说。

“啊？和你打招呼，那是和我们，我们！”吉里被埃利的话弄得满脸无奈。

“天哪！”大卫也扭过头去捂着嘴忍住笑。

“你完全没和她说过话就认定她了，只有一个可能。”弗兰克摇摇头。

“什么？”大卫好奇地问。

“埃利，28岁了，你应该还没恋爱过吧！”弗兰克有些不敢相信自己的判断。

“嗯。”埃利点点头，手不停地在床沿上摩挲着。

“啊？你是处男？”吉里大笑起来。

埃利马上躺上床，扭过了身子，囚室里大卫也被吉里的话刺激了下，再也忍不住笑。

只有弗兰克，不像吉里和大卫那般随性，他只是看着背过身的埃利，嘴上带着微笑。

“埃利，”弗兰克心想，“想不到，28岁的你还没谈过恋爱，你一定是经历过很多苦痛才会这样的吧？你在这集中营混迹了很长的时间，已经学会了很多生存的法则，可谁能想到你在感情上还是一片空白。恋爱，想不到在迪特玛这样一个集中营，居然有人恋爱了，集中营！”

八、路易斯的愤怒

天晴的日子，路易斯上尉如往常一样穿着皮靴来到工地上，他锐利的眼神看着工地上发生的一切，有时他会停下来在某处驻足，让囚犯们感到不安。虽然在集中营里路易斯上尉并未杀过任何人，但私下里有一些很早就认识路易斯的囚犯都在盛传路易斯是一个不折不扣的刽子手。

午休的时间，弗兰克他们懒懒地躺在石料上晒着太阳，他们已经由最开始对这集中营的恐惧变成了习惯，他们清楚只要按时按量完成了工作，他们是没必要去担心自己的安全的。德国哨兵站在工地的四周，对眼前的一切都视而不见，但这时有一个人愤怒了。

远处的办公楼，路易斯站在自己的房间里注视着工地上的一切，当然，他看到的不只是弗兰克他们，而是整个工地上犹太人慵懒的样子，双手渐渐握成了拳头。“这群垃圾，居然可以这样活着！”路易斯上尉心想，他一拳砸到了桌子上。

朱利安上尉正和考夫曼将军在办公室里聊天，路易斯上尉突然闯了进来。考夫曼将军离开椅子，大喝一声：“路易斯，你到上司的办公室不会先敲门吗？”

路易斯上尉无奈地低下头，“对不起，将军，是我的过错。”

考夫曼将军用凌厉的眼神扫视了路易斯一圈，继续坐下，“有什么事情，这么急着找我。”

路易斯瞥了一眼朱利安，低头不语。

“那么，将军，我先走了。”朱利安发现了路易斯的小动作，会意地准备离开，不让场面过于尴尬。

考夫曼将军没有接朱利安的话，反而对着路易斯问：“是有关集中营的事情吗？”

“是的，将军。”路易斯答道。

“那么朱利安，你留下吧，你也是这里的指挥官，也留下来听听。”考夫曼随手拿起了桌子上的马鞭，朝门边的椅子指了指，朱利安向考夫曼将军鞠了一躬，坐了下来。

路易斯对将军的举措显得很不自在，可偏偏这个时候，将军又发话了：“怎么了，问题是有关朱利安上尉的吗？”此时的朱利安显得十分镇定，他确信来到这儿的一个多月里，他几乎没做什么出格的事情，甚至他和路易斯接触的时间也少得可怜。

“不，这倒不是。”路易斯头上开始冒出冷汗，刚进来时的怒气和锐气也因为将军的这番话折去了一半。

“那你倒说说，是为了什么？”考夫曼将军点上了一支烟。

“囚犯。”路易斯上尉结结巴巴地吐出了这个词。

“哦，原来是为了囚犯，那有什么不好说的呢？我的上尉。”考夫曼将军笑了笑，“你有话就直说吧。”

“是的，将军，我觉得在这里这些囚犯过得太、太舒服了。”路易斯上尉一直到最后才决定选用“舒服”这个词，虽然在他的脑中，囚犯们过的生活甚至超出了舒服的界限。

“什么方面？你是指生活？”考夫曼将军看着路易斯。

“是的，他们生活的环境似乎有点不符合他们的身份。”路易斯说出这话的时候一直在观察将军表情的变化，因为他至今也没明白将军的意图。

“可是，我听说这些囚犯都能按时完成自己的工作，这样很好啊。”考夫曼将军吸了一口烟，淡淡地说。

“将军，他们的工作量实在太少了，这样对他们来说远远不够，很多士兵都向我抱怨，抱怨……”路易斯闭口不语了。

“那些工作量是我亲自定下的，只要没有耽误，按这个速度就行，至于你们的抱怨，说出来！”考夫曼将军掐灭了烟。一旁的朱利安发现将军的表情冷静得让人觉得不可思议。

“是的，他们抱怨将军您的命令。”路易斯上尉的额头上，冷汗又冒了出来。

“我下了很多命令，你是指哪一个？”考夫曼站起身来。

“不允许惩罚犹太人。”路易斯的锐气似乎已经完全消失了，说话越来越没底气。

“我的命令不是不允许惩罚，是不允许随意惩罚。”考夫曼瞪着路易斯。

“可是这不是给那些犹太人一个便宜吗？这对于我们来说……”路易斯刚要辩驳就被考夫曼将军打断了。

“够了，你是想说你们已经过惯了随意杀戮犹太人的生活是吗？是不是我的命令就像束缚住了你们的手脚？”考夫曼将军冷笑了一声,“路易斯,你很早就知道我的计划,可是你知道这个计划的目的吗?”

“是为了帝国,为了让他们服务于帝国。”路易斯连忙回答。

“是,你背得很熟,可是你却根本不理解,我是要他们甘心服务,至少不能让他们产生反抗心理,让他们在精神和肉体上都成为彻彻底底的奴隶。”

坐在一旁的朱利安突然心中一震:“奴隶? 精神和肉体。”朱利安开始明白自己原先把“天堂计划”想得太简单了。

“可是如果用鞭子的话。”路易斯继续陈述自己的观点。

“鞭子可以让任何人成为你肉体的奴隶,包括你那些骄傲的士兵,路易斯。可是却无法在精神上,你懂吗? 现在我们有了奴役犹太人精神的机会,为什么不用? 我已经看够了尸体,看够了鲜血,看够了屠杀,我想的就是彻底的征服,不只是肉体的。”考夫曼将军开始咆哮起来。

“机会,什么机会?”路易斯不解。

考夫曼平静了一下,说:“这几年的苦难已经让他们觉得无家可归,已经让很多人相信自己的下场就是死亡,他们已经陷入了绝望,如果在他们绝望的时候给他们一杯水,他们就会当成一大桶的鲜牛奶。”

“您说的我都明白,可是没必要对他们毕恭毕敬。”路易斯走上前。

“闭嘴,朱利安,你说,我这样做是为了什么?”考夫曼突然转向了朱利安。

朱利安站起身,思索了一下说:“为了收拢人心,以便以后让他们成为自愿劳动的……动物,精神上的奴隶。”朱利安说这些话的时候，心中带着不情愿和无奈。

“很好，路易斯，你听到了，我只是想收拢人心，可是在我最初的想法里，根本没有这一条‘不允许随意惩罚犹太人’，你知道为什么最后加上了吗？”考夫曼靠着路易斯的耳朵问。

“我、我不清楚。”路易斯感受到了压迫。

“就是因为你，因为你这个白痴。”考夫曼咬了咬牙。

“将军，我不明白。”考夫曼低下头。

“你不明白？你是最早跟我来这里的人吧，你应该是对我的计划了如指掌才对吧。你觉得在这个计划里，如果随意杀人会有影响吗？”考夫曼问。

“这个，这个当然。”路易斯的汗流到了下巴，在这个寒冷的季节开始啪嗒啪嗒地滴落。

“那好，你还记不记得，就在这批犹太人来的时候，那个因为不肯脱衣服洗澡而被杀的犹太女孩？”考夫曼怒视着路易斯，“在她被杀后，我曾经问过当时在场的一些士兵究竟是谁干的，他们原本不肯说，可惜被我猜到了是你，只有你可以让他们支支吾吾的，不是吗？”考夫曼把马鞭放到了路易斯的左肩上。

“将军。”路易斯赶紧转过身来，以便那该死的马鞭别再刺激自己。

“你知道你这一枪的结果吗？也许对于那些犹太人来说很正常，也许对于我的士兵来说也很正常，可是，对于我的计划呢？我原本并没有下达不准随意惩罚犹太人的命令，至少在这批犹太人来之前没有。因为我对前一段时间你们的表现很满意，可是现在呢？我必须想方设法给你擦屁股，我的大男孩！为了你，为了整个计划，你们只能忍着。”将军甩了路易斯一鞭子。

路易斯忍住痛，站到一旁。

“你这个白痴，我知道，很多士兵都不满，也许是所有人都不满，可是他们有资格，你却没有！”将军继续说。

“将军，我……”路易斯很想说些话来缓解气氛，可是却无话可说。

“路易斯，要不，你别留在这里了。”考夫曼将军叹了一口气，“你可以选择离开，去前线，去做你该死的屠夫，或者，你就给我去集中营的外围做好防卫工作，和那些普通士兵一样天天巡逻！”

“将军！”

“你选吧！”考夫曼将军坚定地说。

“将军，我是军人，我应该服从命令！”路易斯由最开始的满怀怒气变成了心虚。

“那你就给我好好地待着，带着你该死的抱怨给我滚出去！”考夫曼将军背过身，路易斯迅速地行了一个军礼，马上走了出去，在门口，路易斯摘下帽子，擦了擦满头的汗，走下了楼梯，原本沉重有力的皮靴声也变得混乱起来。

“伯父。”朱利安上前欲扶考夫曼将军坐下，考夫曼却做了一个手势示意他不必这样。“我想路易斯上尉会接受教训的！”朱利安尝试着安慰将军。

“他就是一头无法驯服野性的狼，他会懂才怪！我只是想警告他别乱来。”考夫曼将军坐下了，“你也回去休息吧，我没事，放心。”

“好，我走了。”朱利安行了一个军礼，转身走出了门，却显得一脸的焦虑，“看来，我果然还是一个孩子。”朱利安缓步走回了自己的房间。与此同时，在一楼前的广场上，行走中的路易斯上尉紧紧地攥着拳头，“这个老糊涂！”路易斯心里骂着，径自走去了工地。

九、惩 罚

路易斯上尉来到了工地上，此时正好是午休时间，他扫视了一下四周，朝弗兰克这个小组走了过来。

弗兰克他们正在聊天，发现怒气冲冲的路易斯上尉走过来后，弗兰克、埃利和大卫都闭上了嘴。只有吉里，因为背对着路易斯上尉，还在滔滔不绝地讲着自己的英雄事迹。

“你知道，那个女孩有多漂亮吗？你知道吗？埃利，她一定，”吉里看了看在一旁熟睡的荷西后，轻声地说，“一定超过你的天使！”随即吉里开始大笑起来，他完全沉浸在回忆里，没有发现身边的危险。

“杂种，居然在说笑。”路易斯上尉一把抓起吉里的衣领，把他提了起来。吉里原本也不算瘦小，可是在人高马大的路易斯上尉面前，他顶多只能算是个沙包。

“长官，长官，现在是休息时间啊！”吉里胆怯地回过头，眼角瞟了路易斯上尉。

“休息时间,你觉得你们也配过得如此惬意吗?你说笑的本领还真不错啊!”路易斯冷笑了一声,把吉里摔在了地上,抽出了别在腰间的鞭子。

“长官,”弗兰克走了上来,“请息怒,也许我们是过分了一点,可我们也都按时完成了任务。”

“滚!也许?这么惬意的生活已经教给你们学会用‘也许’这个词了?”路易斯上尉推了一下弗兰克,弗兰克由于身强力壮,只是踉跄了一下,没有摔倒。这个时候,路易斯上尉已经转过身开始抽打吉里,吉里抱着头在地上打滚、哀嚎。

路易斯上尉一边打,还一边骂着:“狗杂种,我叫你再笑,再笑啊!”

埃利和大卫都不敢近前,只得在一旁苦劝,“将军,够了够了,再打会出人命的。”

路易斯听到这句话停了下来,用脚后跟踹了一下吉里,走到了埃利身边。

“对了,人命,可是你们的命值钱吗?”路易斯用马鞭敲了敲埃利的头,埃利缩起身子,任凭路易斯对他进行羞辱。此时已经醒来的荷西也跑过去扶起了遍体鳞伤的吉里。

“不准动,老家伙!”路易斯走到荷西身边,和荷西对视着。路易斯一把打掉荷西搀扶着吉里的手,吉里顺势摔到地上,哼了一声。路易斯踏着吉里,此时的吉里只能小口地喘着气。

“老家伙,你有话说?”路易斯继续看着荷西,“看着朋友这样,是不是很恨我?来啊,来打我!”

“够了,长官!”此时在路易斯背后响起了一个声音。路易斯回过头,诧异地看着这个说“废话”的人,发现竟然是弗兰克。

“你再说一遍!”

“我是说,够了,如果我们做错了什么,惩罚已经够了。”弗兰克说。

“对你们的惩罚什么时候轮到你做主?”路易斯笑了笑。

“是,我没资格,但请别再欺负老人和受伤的人。”弗兰克说话很轻,但很有力。

路易斯大笑起来,放开了荷西和吉里,走到弗兰克身边,给了弗兰克一个巴掌。“你想逞英雄,你是谁?”说完继续对弗兰克拳打脚踢。在这个寒冷的冬季,被皮靴踢到的地方异常疼痛,可是弗兰克一直忍着,没有哼一声。

“等等!”又一个陌生的声音响起。

路易斯转过身,一边骂骂咧咧道:“今天管闲事的人还真多呢!”等他回过头才发现,说这话的人是朱利安上尉,朱利安的身边还跟着雅尼克。

“你这算什么,来帮他们?你的朋友?”路易斯愣了一会,对朱利安说。

“当然不是,是来救你,今天的事情你那么快就忘记了?你准备继续违背命令?”朱利安上尉坚定地说。

“什么命令?我是看到他们偷懒才过来惩罚他们的。”路易斯辩解道。

“可我看到的是,他们已经完成了自己的任务,”朱利安上尉指了指旁边已经建好的屋子。

“可是他们在说笑,这可是集中营!”路易斯喝道。

“哦,这里是集中营,那么这个地方最高长官的话到底算不算话?”朱利安也反问道。

“你就是想和我抬杠吗？你这小白脸，你连战场都没上过，你有什么资格和我说教？”路易斯继续踢了弗兰克一脚。

“你这算是人身攻击吗？”朱利安毫不示弱。

正在僵持不下时，一个囚犯大喊起来：“将军来了！”

所有人都定住不动，内心也是一样的忐忑不安。考夫曼将军迈着轻松的步子走了过来，看了看四周的情况，胸中似乎已经是很有把握了。考夫曼将军走到路易斯身边，“别让我猜得这么准可以吗？我的上尉，我原以为你会给我点时间让我好好地吃完我的午餐，没想到，你这么急。”

“将军！”路易斯放下了手中的鞭子。

“上尉，还留着做什么？回去休息吧，这两天，我不想再看到你！”将军走到了荷西的身边，不再说话。

路易斯行了军礼，看了几眼将军，便朝住处走去。

荷西看着将军，有点不知所措。考夫曼将军却发话了，“他是谁？”考夫曼将军身边的哨兵马上报告说这个人的名字叫“荷西”。

“荷西，你就是那个有名的钢琴师？真巧，没想到我们的第一次见面竟然是这样！你会有机会再弹你心爱的钢琴的。”考夫曼将军拍拍荷西的肩膀，转身离开，一旁的朱利安上尉连忙让道，将军也朝他点点头。

事情在将军离开后似乎过去了，众人都忙着去看吉里的伤情，弗兰克拍了拍疼痛的下肢，也准备回到工作岗位上，却被朱利安上尉叫住。

“弗兰克，又见面了，还记得我吗？”朱利安问。

弗兰克抬头看了看朱利安，说：“当然记得，长官，谢谢您今天的解围。”弗兰克扭过头去，他的感谢显得很漫不经心。

“不客气,你的表现也很勇敢。”朱利安笑了。

“可惜,勇敢根本改变不了什么,我们该是什么就是什么!”弗兰克转过身,不再看着朱利安。

朱利安摇摇头,和雅尼克离开了工地。

“难道伯父说的是真的? 他们早就绝望到了无法反抗!”朱利安上尉心里想着这些,却有些忌惮。

此时的弗兰克没有因为朱利安上尉打的招呼而有所触动,反而是将军对荷西说的那番话勾起了他对奥马尔的回忆。“奥马尔,也许在将军的眼里,你也只不过是一个作家而已,何必用生命作为代价去逃避呢?”弗兰克一瘸一拐地走到吉里的身边,坐下了。

十、来　访

傍晚，所有人都回到了仓库的囚室里，大卫拿着从医护处要来的药膏给吉里擦拭，吉里却一直在骂骂咧咧："这该死的，哎哟，疼死我了。"

大卫一边给吉里上药，一边笑着说："死不了的，你放心！你呀，运气不好！刚才看到你倒下去我还觉得你真玩完了，其实伤得不重，你肯定是在表演了。"

吉里趴着回过头瞪了大卫一眼，"当时那样的情况，我想演也来不及啊！他把我摔倒的时候，我突然就眼冒金星，什么都……哎哟！你轻点啊。"吉里和大卫在聊着天，可此时囚室里的其他人都在沉默着。

过了许久，荷西先说话了，"他居然知道我是钢琴师，真是奇怪！"

"没什么奇怪的，我们来这里原本就是为了干活，但他找了很多身体虚弱的老人来，一定是有什么目的的。比如你，他想让你弹琴。”弗兰克接道。

“这不可能!”荷西说。

“有什么不可能的,他知道你的名字却根本不认识你,今天他不就是这样表现出来的吗?”弗兰克靠着墙壁,伸直了自己的双腿。

“事情似乎是这样的,可你又是怎么断定的?”荷西有些疑惑。

“我有个朋友,是剧作家,也是个老人,被特别征召的,他虚弱得连路都走不稳,又怎么能干活呢?你再想想,现在正在建的那个礼堂,我们前几天看到过修建那个礼堂的囚犯。”弗兰克看着荷西,他不想让荷西再陷入奥马尔那样的恐慌,“也许就是为我的朋友还有其他剧作家准备的。”

“嗯,那你的朋友呢?”荷西问。

“死了,在来的路上。”弗兰克顿了顿说。

“哦,我记得,在那片森林里,曾经为那个唯一没到这里的人举行过葬礼。”荷西回想起来的路上发生的这件事,当时他还不认识弗兰克。

“对,就是这样。”弗兰克摸着小手指,“所以你不必担心,这里应该还有很多人和你一样,被特别征召来的,剧作家、演员、音乐家,可能他们想把这里建成一个城市。”

“可是以前,从没发生过这样的事情。”埃利说话了。

“你是指什么?”弗兰克问。

“这样无端地打骂我们!”埃利说。

“不,我记得发生过,那个被枪杀的女孩子,在我来的第一天,也许是因为女孩子们不肯脱衣服洗澡而被当成教材的。”弗兰克叹了一口气。

“是吗?我并不知道这事情,至少在我没遇到你们的一年里,没有发生过。”埃利显得有些恐惧，这状态和他刚来集中营的情况一样，死亡的威胁、不安全的感觉又回到了他的身上。

“可惜，那件事，是我们亲眼所见。”弗兰克说道，而大卫和吉里也朝埃利点点头。

“对不起！”突然一个甜美的声音打破了尴尬的气氛，随即传来了敲门声。

众人愣了一会，只见荷西站起身，应了一声：“蜜莉，你来了！”

沉默了三五秒之后，整个囚室突然骚动起来，吉里小声说着：“快，大卫，拿被子遮住我的屁股！”大卫和埃利则手忙脚乱地整理着肮脏的囚室，弗兰克看着这一切，无奈地说：“一句话就能让你们重新活起来，哎！”

荷西等着屋里的一切迅速完结后，打开了门，蜜莉走了进来。吉里把被子裹得紧紧的，扭着头看着蜜莉，大卫和埃利装作没有注视蜜莉的样子整理着自己已经很整齐的床铺，弗兰克依然如旧，自然地对蜜莉点点头算是打了个招呼。

蜜莉走到荷西的身边，扶着自己的父亲坐下，关切地问父亲：“爸爸，我听说今天的事了，你们和德国军官起了冲突？”

还没等荷西回答，吉里先喊了起来：“不是冲突，就是被欺负，我们根本没惹他也没还手，哎哟！”

蜜莉被吉里滑稽的样子逗乐了，她捂住嘴微微一笑，却没发现旁边的埃利看见她的笑容心都快化了。蜜莉忍住笑，问父亲：“您没事吧？”

吉里接着大喊：“荷西没事，你放心吧，伤全在我身上。”

大卫走到吉里的身边，用手拍了拍吉里受伤的背，说：“你让荷西好好地和蜜莉谈谈可以吗？”

吉里疼得满脸通红，可是为了自己的形象他硬是忍住没有喊出来，不住地点头，示意大卫住手。大卫满意地朝蜜莉点点头，回到了自己的床铺。

“孩子，我没事，不过很奇怪，那个考夫曼将军居然知道我是钢琴师。对了，你在那边工作，那些士兵，没有欺负你吧？”

蜜莉摇摇头，说：“虽然工作很累，但是别的都还好，那些士兵也都躲得远远的，平时只有几个先前已经在这里的姐姐带我们干活。”

荷西严肃的额头舒展开来。“那就好，那就好，不管怎么说，这里比我们在外面看到的要好得多。可惜，你妈妈没能活着来到这里！”荷西叹了一口气。

“爸爸，别提妈妈了。上次时间短，没能和您好好聊聊，这次我特意过来看您，门卫倒也没有阻拦我。”蜜莉紧握着父亲的双手。

荷西摸了摸蜜莉的额头，苦笑着。

“对了，爸爸，您还没给我介绍你的室友呢！”蜜莉调皮地一笑，想让父亲尽快从对母亲的思念里走出来。

“这个，当然可以！”荷西转过身，准备向蜜莉介绍室友，但这件事根本不劳他费神。

“我是吉里，我可是你爸爸最好的朋友！”吉里大笑着第一个说话。不过他的视线很快就由可爱的天使变成了大卫的屁股。

“我叫大卫，是个钳工。”

“我是，我是埃利！”埃利满脸通红，“你好！”

“他真可爱！”蜜莉冲着埃利说。不知道情况的吉里打着大卫的屁股说：“我也这样觉得，我从小就可爱。”

弗兰克被吉里这一逗，笑了一声，过去敲了一下吉里的脑袋，随即对蜜莉说：“我叫弗兰克，是个泥水匠。”

蜜莉站起身，朝四人鞠了一躬，“我叫蜜莉，在这里我不能常常来看望我的父亲，希望你们大家都能帮助他，父亲身体不是很好，时时需要注意。”

“没、没问题！”埃利也站起来。

“谢谢！”蜜莉的脸上又绽放出天使般的笑容。

从这一笑开始，他们成了真正意义上的朋友，在以后的日子里，蜜莉常来看望自己的父亲，也会和大伙开心地聊天，这个天使很自然地“坠落到了人间”！

十一、平等的球场

这里的时间是不能用秒和天数来计算的，因为当生活只按一种模式发展的时候，一切的时间都只是生命的延续而已。可就是这生命的延续，是这个迪特玛集中营里的囚犯一直追寻的东西。

弗兰克在集中营里经历了四季，于是，他清楚地知道，他已经在这里待了一年多了。这一年里，集中营变得热闹了起来，不断有犹太劳动力被送到这里，集中营的北部也被开发起来，现在集中营里多了很多犹太人的宿舍。当然，这样也意味着守卫的士兵更多了。德国士兵让囚犯在中心广场的右边建起了一个小礼堂，礼堂里搭建了一个小舞台。德国士兵为了方便把收获的农作物送抵到其他城市，而在集中营的左侧建起了一个火车站。连接火车站和集中营的是一条用铁丝网做成的“隧道”，这里有很多士兵把守，因为走上火车的月台，就意味着你可以离开这个集中营。不过德国军队的担心实在是多余的，没有人会选择离开这个“安静的天堂”。

一年的相处让弗兰克和埃利这个小组的人抱成了团，蜜莉也自然加入了他们的阵营，蜜莉开朗的性格让她很容易就和埃利他们变成了知己。大家都乐于把自己的故事告诉蜜莉，埃利的村庄、大卫的工厂以及吉里街头流浪的英雄事迹都已经成为了聊天的内容。只有弗兰克依旧对蜜莉沉默着，他始终不愿意把自己的过去当成故事，一是因为自己所有的回忆都已变得灰暗不堪；二是因为心中有着蒂娜，让他不愿去接近别的女孩子。

集中营开始像一个小城市了，德国人从外面运来了很多日用品，并且在集中营里开起了许多店铺，囚犯们根据劳动量的多少来分发购买券，也就是集中营内部的货币。考夫曼将军十分满意自己的这个创意，时常对自己的部下炫耀，说现在德国境内哪个集中营都比不上迪特玛这样安静、有序。

那些被考夫曼将军特殊征召来的艺术家们，也开始了自己的演出，前面提到的那个小礼堂就是他们的舞台。除了戏剧，一些音乐家们也开始在这个舞台上弹奏乐曲，当然，乐器只是一架小到不能再小的破旧钢琴。但对于这些艺术家们来说，再不堪的环境都已经无所谓了，一方面是因为他们经历过更坏的情况，另一方面是他们能有机会重拾自己最爱的艺术。

当然，这样的舞台对弗兰克毫无吸引力，他是一个真正意义上的艺术白痴，他唯一观看演出的理由，也只能是无聊。弗兰克倒是很中意新近铲平的那个小球场，他乐意去那里回味童年最爱的运动。埃利他们不常陪弗兰克踢球，理由很简单，因为活动时，他们都会追随蜜莉和荷西成为那里的观众，接受音乐的熏陶。

今天，是戏剧演出的日子，礼堂附近拥挤不堪。德国军官几乎都去观看，而那些囚犯们则靠着窗子，或者站在大门口，安静地听着里面的旋律、台词。

弗兰克一个人抱着足球，来到球场，他走到了左边的球门，说是球门，其实只是两块竖立着的石料，上面绑上了一根横着的木头。左边的球场通常情况下是犹太人专用的，除非德国士兵组织比赛。当然，德国士兵的比赛永远是雅利安人的对抗，囚犯们只有收拾衣服在旁边观看的份。弗兰克站在空荡荡的球场，开始了不知疲倦地带球、射门、捡球。太阳懒懒地晒在这片球场上，风吹着开始发芽的绿草，弗兰克抬起头，摸了摸满是汗水的脸颊。

远处传来了缓慢的脚步声，弗兰克回过头，由于阳光的刺眼，弗兰克先看到了一个黑影，继而清楚地发现那个人竟然是一身运动装扮的朱利安上尉。

“来踢球？怎么不去看演出？”朱利安上尉先发话了。

“我，”弗兰克笑了一声，“我看不懂，所以也不想只为浪费时间去看。你呢？”

“我？我实在是对那些陈旧的剧目有些麻木，可惜奥马尔不在，如果他在也许会有些改变！”朱利安放下手中的足球，踢到了弗兰克这边。

弗兰克踢还了足球，“你倒是还记得他！”

“据说，他是个很好的剧作家。”朱利安上尉接住足球，弯腰开始绑鞋带。这时，弗兰克也转身回到了自己的球门边开始继续射门。

“喂，弗兰克！”朱利安径自走了过来，“一起踢吧！”

弗兰克背对朱利安上尉，说：“这样不好吧！一直都是我自己踢，再说了，你们不是也不太愿意和这里的囚犯踢吗？”

“所有的人都跑去看演出了，我实在是喊不动他们。再说了，足球可是对抗的运动。”朱利安喊着。

弗兰克摇摇头，跑去捡球，朱利安上尉则继续走到弗兰克这里的球门边。捡完球的弗兰克就这样隔着球门和朱利安上尉对望着。

“得了，别想那么多乱七八糟的事情！我可是一流的守门员。”朱利安上尉拍拍自己的手臂，向弗兰克示意。

弗兰克还是一动也不动，朱利安上尉拿起自己的足球，把它轻轻地踢到场中央，“从那开始，你开始带球，禁区外随便你怎么射门，怎么样？公平吗？”

弗兰克没有说话，朱利安上尉实在忍受不了弗兰克对自己的无视，走上前抢下弗兰克的球，“我是来踢球的，不是来看你发呆的！”说完，把弗兰克的足球也踢了出去。

弗兰克笑了笑，“我可不想被别人看到，我在朝一个德国军官射门！”

“这有什么关系？如果有人废话，那么我会解决他！”朱利安上尉指了指弗兰克，“我可不希望你只是一个会废话的人，那样的话，我也会解决你！”

弗兰克长吁了一口气，开始往球的方向跑去。朱利安则拍拍手，大喊：“是的，就这样，我等着你！”

球场上，晃动着两人的身影，拼命踢球的弗兰克和倒地扑球的朱利安上尉。集中营里，无论这些犹太人过得有多惬意，他们只是囚犯。而在球场，放开身份，褪去军装和囚服的人，是平等的。

弗兰克和朱利安一起奔跑着，一起流着汗，一起笑，一起叹息。

弗兰克的背心渐渐湿透了，而朱利安的背心上则多了很多的泥渍。摆球、启动、假动作、射门；判断、移动、出击、扑球……

安静的球场上，弗兰克和朱利安靠着球门，大口地喘着气。

“你很棒，弗兰克！”朱利安上尉说。

“你也不赖！”弗兰克笑了。

“从什么时候开始踢球的？”朱利安问。

“很小，很小我就在家乡的街道上开始踢球。”弗兰克回答。

“就是那个叫诺阿的小镇？”朱利安的话让弗兰克有些吃惊。

“你还记得！”弗兰克扭过头。

“当然，在那里，我认识你的，还有奥马尔。”朱利安一边清除身上的污泥一边说。

“哦，对，就是那里！”弗兰克似乎又被回忆吸了进去，沉默不语。

朱利安站起身，“我得回去了，希望下次还有机会一起踢球！不过下一次，得换你来当守门员了，这真的是一个脏活！”

“好啊。”听到朱利安上尉的话，弗兰克回过神来。

“下次我会带雅尼克过来，他也是个足球高手！”朱利安上尉停住了。

“雅尼克，你的卫兵。”弗兰克自然记得这个名字，这个跟随他去过诺亚小镇的士兵。

朱利安上尉伸了一个懒腰，缓步走出了球场，弗兰克还坐在太阳下，享受这难得的安静。弗兰克戴上踢球前摘下的贝壳项链，静静地闭上眼。听着风的声音和朱利安离去的脚步，感受着头顶的阳光，弗兰克第一次在自己囚室以外的地方如此轻松。在那一天，朱利安和弗兰克都曾经把对方当成了朋友，当然，只是曾经。

不远处的一幢阁楼里，一双锐利的眼睛注视着球场，这双眼睛属于一个同样不喜欢艺术的军官——路易斯。“朱利安这个白痴，居然会去和犹太人一起踢球！”路易斯上尉狠狠地把拳头捶向了旁边的墙壁。

十二、安宁的乐章

“你是说,演出?可是这里已经有很多钢琴师演奏了,而我,一个年迈的老人,为什么让我也去演奏?”囚室里,荷西一脸疑惑地望着刚刚进来发布命令的士兵。

“你怎么那么多废话?要不要让将军来请您,我的大钢琴师?”那德国士兵瞪大了双眼向荷西步步走近。

埃利见状一把冲了上去,将双手搭在士兵的肩膀上,“嘿!哥们,他可不是想违抗命令,只是太激动了。”

“激动!激动是这样的表现吗?”士兵停下了脚步,用皮靴使劲地跺了跺地面,啐了一口唾沫。

“你知道的,”埃利堆起笑脸递上了一根烟,“来这儿的老人很少,所以多少会有点……”埃利用手指了指自己的脑袋,暗示荷西可能有些神经质。

德国士兵麻利地点上烟,猛吸一口,嘴角露出一丝微笑。

“是的,来这儿的老人少得可怜,而且大多数都是自称艺术家的人物。”士兵摸了摸胡楂，继续说，“战争时期，都不知道能不能看得到明天的太阳，还玩什么艺术？”说完，士兵大笑起来。

“就是，就是！”埃利坐在自己的床上，用拳头轻敲着床板说，“能像我们这样活着就不容易了。”

“你很容易知足嘛，埃利！”士兵夹着烟走到埃利的身边，在埃利的头上弹了弹烟灰。埃利赔着笑，抖了抖自己的头发。

士兵把烟叼在嘴里用阴阳怪气的声音说：“不过将军就是喜欢这些疯子，哎，你们有福了，在这样的集中营。大音乐家，晚上可看你的表演了！别误事了！妈的，我还得去巡逻。”士兵将烟头随意丢在了地上，转身打开门走了出去。

“您还真是辛苦啊！”埃利起身跟着士兵走了几步，等士兵离开，埃利轻轻地关上了门，表情立刻变得愤怒，“杂种，十足的杂种！”

荷西呆呆地坐着，布满皱纹的嘴角不时抽动着。

“荷西，嘿！”埃利走到荷西床边，用手摇了摇这个木头人。

“哎！”荷西叹了一口气，“想不到，我居然还能弹琴。我以为，这只能在梦里才会实现了。”

“这不是挺好的吗？你一直只是在台下作为观众，我想你一定也很想登上舞台吧，只是为了你自己。”埃利点上了一支烟靠着窗台说。

“嗯，挺好的。”荷西说完，弯下身把头深深地埋在了双腿上。

晚饭过后的小礼堂内早已经人声鼎沸了，考夫曼将军坐在第一排的正中央，满意地看着礼堂的环境。德国士兵们把礼堂坐得满满的，而犹太囚犯们则知趣地站在过道或者礼堂的最后，有些人索性坐在冰冷的石阶上，他们并不在意眼前晃动着的军靴。

“开始吧!”考夫曼将军缓缓站起身,用平静的声音发出了命令。

礼堂立刻变得鸦雀无声,人们都在等着演出的到来。

荷西从幕布后探出半个脑袋,战战兢兢地环视了一下四周。镇静下来并确定是自己要演出后,荷西深深吸了一口气,走到了舞台上。舞台左侧摆放着一架旧钢琴,一看就知道它这一生经历过多次的大修补。荷西没有在意这些,他只是用余光瞟了钢琴一眼,然后径自从舞台上走到台下,走向考夫曼将军。

全场微微有了一些议论声,大家都在疑惑为什么荷西不马上开始他的演出。

只见荷西站在考夫曼将军面前深深地鞠了一躬,“感谢您给了我们机会拥有一个美好的夜晚。”荷西一字一顿地说。

将军摆了摆手,带着得意的表情笑着说:“能够给我们美好夜晚的不是我,而是你!”

荷西起身,微微点头,但他随即又鞠了一躬,然后扭头走上了舞台。

礼堂又安静了下来,荷西在众人的注视中走向了钢琴。黑色与白色,那是五线谱的颜色,也是琴键的颜色。这两种纯粹的颜色曾经陪伴了荷西很久,却又好像被遗忘许久了。相反的,那原本多姿多彩的生命,现如今却被黑色与白色笼罩,如果可以,在场的人们更希望这讽刺只是上帝打盹时开的一个玩笑。

荷西在钢琴前坐下,用手轻抚了一下琴键,深陷的眼眶里顿时噙满了泪水,“好久不见了,老朋友!”荷西心中默念着按下了第一个音符。

时间缓缓地流动着,音符的波动如同是在一个平静的湖面泛起的涟漪。没有人在意荷西弹奏的是什么,只知道这些音符虽然划破了夜的深沉却又带来了安宁。

犹太囚犯们忘情地凝视着舞台上那年迈的琴师,有些人的眼眶渐渐地泛起了泪花。叼着烟的士兵们也沉默了,烟气缓缓地升起继而消散,白色的烟灰碎裂着飘落在他们的军服上,没有人及时拂去。

考夫曼将军微微跺动着的双脚停了下来,戴着白色手套的双手摩挲着,最终安静地停留在双腿上。

"家人?童年?朋友?战争!"音符拨动着每个人的心弦,远去的家人、朋友,母亲亲手制作的黑色火腿,支离破碎的街道,还有在城郊田野中静静等待爱人归来的女孩……或许每个人在想着不一样的事情,但每个人都在想。

荷西按下最后一个音符的时候已经泣不成声,他趴在钢琴上忘我地感受着这激动中的宁静。台下鸦雀无声,人们被这一幕震撼,也因为戛然而止的乐章让他们意犹未尽。

"啪啪啪!"礼堂里响起了有力的掌声,考夫曼将军和他的军官们站起身鼓掌致意。

"嘿!荷西!"礼堂内似乎爆炸一般,欢呼声四起。犹太囚犯们用手做喇叭状呐喊着荷西的名字,有些人还不知趣地打起了口哨。

"这是我的,我的舞台,是我的生命!"荷西心想,他站起身,左手不时抹去眼里的泪水,右手向观众挥舞着。

"爸爸!"蜜莉冲上舞台,给了父亲一个大大的拥抱,父女相拥的场景引来了人群更大的骚动。

考夫曼将军缓步走上舞台,微笑看着这对父女。

荷西拍拍蜜莉的后背,示意蜜莉停下这狂欢。荷西平复了一下心情,走到考夫曼将军面前,又弯下了自己的腰背。

"不!"考夫曼将军上前扶起了荷西,两双拥有不同立场与背景的手握在了一起,“是你给了我们一个美好的夜晚,不是吗?”考夫曼将军笑着说。

“是的,不过还是得谢谢您!”荷西微微点头。

“不,这是完全属于你的,音乐大师!”考夫曼说完拍了拍荷西的肩膀,转身下台。

“荷西,你真不是吹出来的!”吉里呼喊着从人群中冲向了荷西,犹太囚犯们簇拥着荷西,德国士兵们则整齐地列队退出了礼堂。

“欢呼吧!这群不知所谓的猪!”考夫曼将军头也不回地走在士兵们的最前方,“不过你们得明白,这是我给你们的安宁,是我给的!”考夫曼将军心里对自己今晚的杰作得意万分。而他的身后,片刻的幸福也延续了很久很久。

十三、灰色天空

这里的人们似乎已经习惯了阴雨，迪特玛集中营的日子大部分也是在乌云的笼罩下度过的。

吉里和大卫此时正站在礼堂中为晚上的演出铺设地毯，礼堂中空空荡荡，窗外则是灰色的天空。

“嘿，哥们，歇会，歇会。”吉里一屁股坐在台阶上，大口地喘着粗气。

大卫冷冷地看了吉里一眼，继续埋头整理着破旧而且散发着异味的地毯。

“我说，你这个木头脑袋！”吉里无奈地摇摇头，麻利地点上了一支烟，然后伸了一个懒腰，“活该你这一辈子都是个工人，真够卖命的。”

“那也比你这样好吃懒做的废物好，至少我配活着，而你不配。”大卫头也不抬地说。

“配和不配，这也不是你可以决定的，大块头。”吉里吐出了一个烟圈,用手指慢慢地转动着,“勤劳都配活着,像我这样……随性不配活着,可是现在我就活生生地站在迪特玛的集中营,而许许多多勤劳的人们早就上了天堂了。”

“杂碎!”大卫恶狠狠地骂了一句。

“我是杂碎,你也是,都是小人物,不能决定自己命运的小人物。”吉里坏笑着把烟递给了身旁的大卫,可大卫并不领情,拿过香烟就丢在了地上。

“你!”吉里惊了一下,“浪费,这可是我劳动的果实。”说完起身走到烟头掉落的地方又把香烟捡了起来,随意地吹了吹烟上的灰尘,又继续把烟叼在了嘴里。

“恶心!”大卫此时也受不了吉里的动作,停下了手里的活转身坐在了地毯上。

“这就对了,你得懂得休息。”吉里坏笑着在大卫身边坐下,“这就是生活,懂吗?生活的艺术,呆子。”

“活着就是活着,什么艺术?什么生活?”大卫挠挠头,抢过吉里手中的烟猛吸了一口。

“喏,你这样就叫生活了。”吉里把手搭在了大卫的肩膀上。

“你好像总是一副不知天高地厚的样子,真惹人厌。”大卫啐了一口唾沫。

“那是你们还不懂我吧!”吉里笑着把注意力转向了窗外的天空,“又要下雨了呢,如果把这里换做是柏林,我现在在干什么呢?”

“你又要开始回忆你的辉煌过去了吗?坏蛋!”大卫不解地问。

“坏蛋?哈哈,我喜欢这样的称呼,别人在喊你坏蛋的时候往往是因为别人被你欺负了却无能为力。”吉里向后仰面躺了下去,“喂,现在先说说你吧,你对雨天有什么记忆?”

“雨天?”大卫思索了一会儿然后说,“我很讨厌雨天,泥泞的道路,潮湿的车间,还有永远都晒不干的工作服……”

吉里听到这样的回答一下笑了出来,“我真是受不了你了,十足的木头,乏味、幼稚。”

“那你觉得我应该怎么回答?”大卫问。

“你不一定要和我——伟大的吉里一样说出你不同凡响的经历,”吉里伸出一根手指摇了摇,“但是,你至少应该回答你喜欢雨天里那些湿透了的女孩,这好歹代表你还算是个男人。”

“真是受不了你!”大卫无奈地叹了一口气,然后将烟头弹出了窗外。

“好吧,我来给你做一个示范,听听我的故事。”吉里起身装作十分严肃地说。

“又来了,吉里的传说。”大卫听到这里捂住了自己的耳朵。

“浑蛋,是你勾起了我说故事的兴致。”吉里有些恼火。

“我可没有,这话题可是你自己说的。”大卫被吉里的表现弄得有些发蒙。

“好吧,是我说的。”吉里马上又赔上了笑脸,“但你至少听一听,一个伟大的演说家如果没有听众也会落寞的。”

“你这嘴脸……哎,怕了你了!”大卫苦笑了一下,转过身子面对吉里,准备好了接受口水的洗礼。

“嗯,”吉里清了清嗓子,做出很严肃的表情,“那么雨天的记忆,首先呢,还是被雨水打湿了全身的女孩。”

大卫听到这句似乎早就已经猜到,无奈地点点头。

“其次,就是慌乱的人群。这里的雨天常常让人捉摸不透,就好像漂亮女孩一样,你不知道什么时候就遇到了。所以,有很多人在雨天的时候没有带伞。那么,没有带伞的人会做什么呢?”吉里向大卫发问。

“没有带伞,那自然就是要躲雨喽?”大卫回答得十分没有底气。

“当然,你真聪明,所以下雨的时候人们总是拥挤在车站、报刊亭还有大型商店的屋檐下。”吉里故意提高了声音,“这些地方,可都是我吉里的舞台。”

“舞台? 街头卖艺?”大卫只能按照自己的第一印象来回应。

“浑蛋,你看我哪里像是个街头卖艺的! 舞台,笨蛋,舞台的意思是我大显身手的地方。”吉里面对着眼前这个榆木脑袋的家伙有些不知所措。

“好吧,继续,我真的是不理解。”大卫摆摆手示意吉里继续讲下去。

“每个人在这里都会十分留意自己身上有没有被打湿,或者盘算着雨什么时候能停,总之是没有人注意力十分集中的,”吉里挪了挪有些发麻的双腿,“于是我,可爱的吉里就会穿梭在人群中,向他们借一点东西。”

“乞讨?”大卫更加疑惑了。

“天哪!”吉里几乎已经要被逼疯了,“你看着,就是这样,”吉里站起身装作被绊倒了,然后顺势往大卫身上一扑。

“你这是干什么?”吉里这一撞让大卫的胸口有些发疼。

“就是这样!”吉里把手心一亮,在他手里拿着的是大卫刚从食品站换回来的一包香烟。

“你是,小偷?”大卫大惊。

“多难听的词汇啊,兄弟,不要这么称呼我,我只是一个坏蛋。”吉里笑了笑,把烟丢还给了大卫。“你知道吗?”吉里的眼神突然变得有些暗淡，“我一直都不喜欢这个称呼，但是，我没有办法，我只是一个无依无靠的孤儿，只能以这个来生存。后来，我就麻木了，在经历了很多事情之后，毒打、囚禁、忍饥挨饿……比现在更麻木。”

“可是你可以靠自己的双手养活自己，和我一样。”大卫拍了拍自己的胸脯。

“很多事不是你想的那么简单，我生下来就在流浪，或者说我就是喜欢流浪，我喜欢去不同的地方。而这，这是让我到哪里都能生存的法宝。”吉里伸出了自己的两根手指。

“不，我不能理解。你知道吗，吉里？”大卫双手枕着头贴着墙坐下，“用双手挣来的钱，我觉得很干净，不，是用起来特别踏实，我最开心的时候就是每个月的领薪日，我能够买上一条长长的黄油面包回家，而那天对于家里来说就是个节日，我很满足这样的幸福。”

吉里摇摇头，“我不一样，我从来就没有家人。”

“对不起。”大卫侧身看了一眼吉里，此时的吉里安静得有些让人觉得闷了。

“我喜欢在不同的地方走，也许就是因为没有家人所以想要寻找吧。也不知道从什么时候开始，我不再寻找了，而是喜欢上了这样的生活，看形形色色的人，看不一样的景色，吹着口哨，哪怕每日只是游荡。”吉里又抽出了一支烟点燃。

“你没有家，而你的心也没有归宿。”大卫轻轻地应了一句。

“没想到你这样的人也会搬出哲理。”吉里有些哭笑不得。

“不，是前几天和弗兰克聊天的时候，他无意中说的。”大卫倒是相当诚实。

“弗兰克，他真像一个喜欢说教的老师，”吉里笑了笑，“不过他是个好人。”

“嗯,这里的人都是好人。”大卫摸了摸吉里的头。

“或许吧,至少都是经历过苦难的好不容易找到栖身之所的人。”吉里扶着窗台若有所思,“这灰色的天空真是讨厌。”

“你不是最喜欢雨天的吗?”大卫疑惑地问。

“不,我喜欢的雨天不是这里的。”吉里回过头看着大卫。

“那,你是想说我们现在都是穷光蛋,你就算一时技痒也捞不到什么好东西喽?”大卫起身拍了拍身上的灰尘。

“不,”吉里转过头继续看着窗外的天空,“我不喜欢的是迪特玛灰色天空下这所谓的自由。”

十四、暗 涌(1)

朱利安上尉在居所正在擦拭自己的球鞋,他擦得十分细心,以至于进来了不速之客也没有发现。朱利安用刷子沾了一些肥皂水,将球鞋上的泥土清除掉,正准备拿起干布擦干鞋子的时候,一个声音响起。

"怎么,又要去踢球?今天不是有演出的日子吗?"

朱利安甚至不用回头,就知道这充满敌意的声音是路易斯上尉发出的。

"我可不喜欢那些无聊的文艺演出,怎么,我今天必须出席?还是说,你有权利限制我的自由?"朱利安放下手中的鞋子。

"不,当然不是,我可没有权利去限制一个德国军官的自由。再说,你和我是平级。"路易斯上尉笑了一下。

"那就好,看来你是因为无聊才到这栋房子里到处游荡,今天囚犯们不用工作,你连工地都去不了。"朱利安上尉显然是在讽刺路易斯。

“哦，当然，我可不喜欢在空无一人的地方浪费自己的力气，和你不一样。”路易斯也是针锋相对。

“偏偏我就喜欢这个时候去踢球，和你也不一样。”朱利安上尉脱下外套，拎起了已经擦干的球鞋。

“让我提醒你一句，别和那些犹太人混得太近。”路易斯望着准备走出房间的朱利安说，“你知道，就算是将军，也不会喜欢你这样的做法。”

“只是踢球，再说，也没违背什么规定。”朱利安上尉猜到了眼前这个家伙已经发现了自己喜欢在演出的日子去球场和弗兰克过招的事情，但他觉得这件事没有什么大碍。

“你最好别把他们当成朋友。”路易斯正准备继续说，却被朱利安打断。

“这里没有朋友，不可能是朋友，不是吗？”朱利安转过身，盯了路易斯一眼，走出了房间。

“你最好记得将军上次说过的话，那不只是说给我听的……”路易斯在朱利安背后说道。

“关好那该死的门，你这个喜欢闯入别人卧室的家伙。”朱利安上尉没好气地接了一句，径自走向了球场。

“哼，小孩子！”路易斯上尉冷笑了一声。

另一边，弗兰克正拖着埃利向球场走。

“干什么啊？弗兰克，今天可是演出的日子。”埃利一脸疑惑。

“我知道，我知道你想去看，可是今天荷西不是不演出吗？”弗兰克还是拖着埃利往前走。

埃利满脸通红，因为弗兰克一句话就说出了他内心的想法。

“可是，可是大家都会去看啊，蜜莉也会。”

“蜜莉今天不是不去吗？昨天荷西和蜜莉聊天的时候我们都在啊！”弗兰克依旧强硬。

“可是，你拉我去踢球，我实在是提不起兴趣啊。”埃利无奈地说。

弗兰克摇摇头，一言不发，继续着直线运动。

球场上，已经有人在那里等了。正在和弗兰克啰唆的埃利发现了球场上的人之后，呆住了。

“你是，朱利安上尉！”埃利看着站在门柱旁的朱利安说。

“当然，我可不希望有人到现在还记不清我的名字。”朱利安正做着热身运动。

“还有你，雅尼克！”埃利看着旁边的另一个人。雅尼克因为常常巡视男囚犯的仓库，和这些人都已经混了个脸熟。

“上尉，你居然是和弗兰克踢球。”雅尼克并没有接埃利的话茬。

“怎么了，不可以吗？”朱利安上尉笑了笑。

雅尼克看着弗兰克和埃利，表情突然由之前和朱利安上尉聊天时的轻松变得僵硬。

“你有看到规定上写着不允许和囚犯踢球吗？”朱利安上尉开玩笑似的说。

“这倒没有！不过……”

“哪有那么多事情，今天就是来踢球而已，放松些，哥们！”朱利安上尉站起身，拍了拍雅尼克的肩膀，“脱下军装站在这里的时候，请只把自己当一个足球运动员。”

雅尼克微微点头，可是表情却没有变化。

朱利安上尉和弗兰克熟练地开始传接球的热身，可是埃利和雅尼克却还是呆呆地站在那里，埃利一脸疑惑，雅尼克心存芥蒂。

虽然朱利安上尉和弗兰克可以一起热身，可真当今天的比赛开始的时候，大家还是很自觉地回到了自己该选择的队友身边。

“嘿，弗兰克，今天我可找了一名好后卫，你进球可没有那么简单了。我可不想只当一个活靶子！”朱利安朝着远处的弗兰克喊着。

埃利站在弗兰克的身边，茫然地像个迷路的小孩，这个时候他担心的不是自己居然和德国军官一起踢球，而是埃利自己根本不会踢球。

“怎么办，弗兰克？你为什么就找上我了，我不会踢球啊！”埃利对弗兰克说。

“你记得一件事情，只能用脚去碰球，别被雅尼克抢到，还有，想办法把球踢进那个球门，就是朱利安身后两根柱子的中间，明白了？”弗兰克绑好了鞋带。

“哦，我尽力吧！”埃利此时也只能硬着头皮上了，“反正也不是什么大事，玩玩就好。”

开球后，弗兰克把球拨给了埃利，埃利没看好距离就准备大力抽射，可惜他同样没算好球滚过来的速度，一脚踢空，屁股先于身体的任何部位着地，一阵大叫。

远处的雅尼克无奈地摇摇头，回身对朱利安上尉说：“上尉，埃利可真不是一个简单的人物。”

上尉做出了一个很无辜的表情，“也许今天的球会踢得很有意思。”

埃利和弗兰克还在中场吵吵嚷嚷，“你看准球好不好！”

“我看得很准了。”

“你首先要做到的是踢到球！”

“可是最终目的不是要进那个球门吗?”

“我们大可以把球带到离球门近的地方啊!”

“你一会这样,一会那样,我到底要怎么办?”

终于,在埃利第三次因为没有踢到球而摆出很别扭的动作时,雅尼克也无奈地笑了。

军官宿舍,一个年轻貌美的女囚犯正在帮军官们整理房间,今天虽然大家都可以休息,可是整理的工作却不能因此耽误下来。而此时,一双眼睛正在盯着她。

弗兰克和朱利安上尉他们踢完球,拖着带着污泥的鞋子走在集中营的主干道上,小礼堂里爆发出了阵阵掌声,可是他们四个都没有在意。四个人似乎都很满意自己今天的表现,尤其是埃利,因为已经学会了踢球显得兴奋不已。雅尼克的眼中似乎也少了些戒备,只可惜由于一些不成文的规定,这一路上,弗兰克聊天的对象只能是埃利,而朱利安上尉也只好和自己的卫兵雅尼克说说笑笑。

这时,突然从军官宿舍跑出了一个披头散发的犹太女囚犯,她的衣襟已经被扯烂,正疯狂地朝弗兰克他们冲过来。

“抓住她!”那女孩的身后,有两个卫兵正端着枪在追赶。弗兰克他们一时不知道发生了什么,愣在了那里。

那女孩只顾疯狂地跑着,从弗兰克他们身边经过的时候,女孩撞到了雅尼克,由于冲击力太大,两人都倒下了,可是女孩马上爬起来继续往集中营的铁丝网冲过去。

那女孩奔跑的路线上没有建筑物,她此时就像是跑在一块空地上。

追赶的士兵跑到弗兰克他们身边，喘了几口气，却显得很从容。“她这样算是逃跑吗？”一个士兵问道。

“应该是吧！”另一个笑了笑。

“喂！”一个士兵朝不远处的观望台喊着，“别开枪！”这个士兵举了举手中的枪，示意将由自己结束那女孩的生命。

当他端起枪的时候，另一个人阻止了他。“雅尼克被这疯子撞倒了，理应由他解决，不是吗？”说话的士兵站到已经被朱利安上尉扶起的雅尼克身边，递给他一支枪。

“嘿，雅尼克，早听说你是一个神射手，这下你可以证明下自己了。”

雅尼克木讷地接过枪，却没有举起来，他似乎被刚才的突发状况刺激了。

“喂，雅尼克！等她跑上铁丝网，别的瞭望台就会发现的，到时候你别后悔。”

雅尼克听着这些话，迟疑了一会，抬起了枪。一旁的弗兰克和埃利很想阻止雅尼克，但却没有办法说出话来，他们只能一边看着雅尼克，一边看着那逃跑的女孩。

那女孩已经冲到了内侧的铁丝网边，开始攀爬，铁丝网上的倒刺刮破了她的衣服和雪白的肌肤。爬过之处，血红点点，有些地方还明显挂着女孩身体的肌肉组织。那女孩虽然嘴里哭着喊着，却似乎不知疼痛一般，继续朝外爬去。她似乎也忘记了外面是深深的沟壑，她似乎已经没有了判断能力。

就在那女孩的手触碰到铁丝网最顶端的时候，枪声响了，但却不是雅尼克开的枪。

那女孩被击中了心脏，挣扎了一会，整个身体挂在了铁丝网上，她的手掌和前胸似乎已经被倒钩深深地刺了进去，只有两条腿悬在了空中摆动着。

一阵沉重的脚步声传了过来，朱利安上尉听到这熟悉的脚步声，回过了头。背后，路易斯上尉正一边走着，一边把手中的步枪递给身边的士兵。

“朱利安上尉，你允许这样的情况发生，看看你的士兵，连枪都不敢开了。”路易斯上尉冷笑着。

此时的雅尼克，慢慢地放下了手中的枪。弗兰克和埃利则因为不忍看这血腥的画面已经低下了头。

路易斯上尉从朱利安的身边走过，两个人对视着。路易斯首先移开了视线，对弗兰克和埃利说：“你们两个，还不赶快去把那该死的娘们从铁丝网上弄下来，真碍眼！”

弗兰克听到了路易斯的这句话，吞了一口口水，拉了拉埃利。可是埃利却一动不动，弗兰克一使劲，拖着埃利朝那女孩的尸体走去。

朱利安拍了拍还在发呆的雅尼克，也跟随着路易斯他们走向了铁丝网。

弗兰克和埃利走到了铁丝网边，血从那女孩的后背流了下来，地面上摊成了很大一块红色。弗兰克和埃利都不约而同地闭上了眼睛，眼眶处在抽动，眼泪有些控制不住了。一年了，这一年里，他们没有看到过这个原本稀松平常的场面，可是，又开始了。

“还不给我快点！”路易斯上尉吼着。

弗兰克睁开眼，慢慢地爬到了铁丝网上，那个女孩长得十分秀气，金色的头发在风中摇摆着，原本灵动的双眼，无神地睁大着，斜视着天空。弗兰克一只手扳着铁丝网上没有倒刺的柱子，一只手托起了那女孩的头。他示意埃利从下面抱住女孩的腰，好让自己一点一点把她的身体从铁丝网的倒刺中解脱出来。

“杂种，你们这样干，要干到什么时候？”路易斯上尉一鞭子抽在弗兰克的背部，弗兰克身体一向前，就撞到了倒刺，前后都是疼痛难忍。

路易斯上尉踹了一脚埃利，让埃利滚开，他拽住那尸体摆动的双脚，使劲朝外一拉，那尸体被重重地砸在了地上。原本已经失去生命的尸体，又开始流血。

弗兰克在尸体掉下的瞬间遮住了眼睛，当他再睁开的时候，眼前的情景让他再也控制不住自己的泪水。

女孩的胸前也是血红一片，已经撕裂的衣服上到处都是冒着鲜血的洞眼。而在弗兰克身边的铁丝网上，原本属于那具尸体的肌肤和血肉，就挂在那些倒刺上，灰黑生锈的铁丝网被染成了暗红色。

“你们处理好这上面的东西，这都是什么！”路易斯对眼前的一切毫不避讳，说完，转身离开了。两个卫兵抬起了那女孩的尸体，也跟着路易斯离开了。

弗兰克呆呆地立在铁丝网上，一动不动。埃利则已经跪倒在地，掩面而泣。

“你们也走吧！”弗兰克对下面的朱利安上尉说。

“不，我还是留着吧，如果我也走了，说不定，会有人把你当成逃狱犯，也给枪毙的。”朱利安望着弗兰克。

弗兰克木木地点点头，闭上了双眼。

礼堂里还在嘈杂着，那里的人们还不知道在迪特玛集中营刚刚发生的、大家熟悉而又陌生的这一幕。

十五、暗　涌(2)

考夫曼将军的办公室里,将军气得暴跳如雷,朱利安上尉和路易斯上尉站在一旁,一个略带沮丧,一个却冷静得出奇。

"这到底是怎么一回事?"将军一拳砸在了桌子上。

朱利安和路易斯都没有说话。

"演出的日子,怎么会这样?"将军看了看他的左右手。

"我想,这不是什么大事吧,将军,她想逃跑!"路易斯首先说话了。

"是这样的吗,朱利安?"考夫曼将军转向了朱利安。

"是,不过?"朱利安面露难色。

"不过什么?还有什么话不能说?"将军坐到了椅子上。

"不过那女孩跑出来的时候,衣服很乱,我怀疑有人强奸了她。"朱利安回答。

将军点点头,"我也猜到了,集中营怎么会进来一个疯子?哪有人会选择白天逃跑?那个女孩是在军官宿舍当班的吧?把今天在军官宿舍当班的士兵都给我叫过来！”

“将军！”路易斯走上前一步，“我觉得没这必要，这件小事情我们隐瞒得住。”

“你这个笨蛋，你以为那地上的血迹是什么？路易斯上尉拿来漆房间的油漆，还是我们傻到在铁丝网旁宰了一只猪？”将军起身把面前的一摞书推倒在地。

“她本来就是一只猪！”路易斯说得很淡然，“将军，瞒不住也没什么，这是犹太集中营，这是在德国！”

“你这样和我说话已经不是第一次了，路易斯，我说过……”将军正想发作，路易斯上尉却咄咄逼人。

“将军，恕我直言，这是没办法的事情！”

“路易斯！”

“将军，请听我说完！”路易斯大胆地打断了将军的话。

“你说吧，你最好能说到我心服口服。”将军背过身去。

“将军，如果找到强奸这个女孩的人，你会怎么样？枪毙他吗？”路易斯问。

“这个？”将军突然有些迟疑。

“我知道，这件事刚发生的时候，将军一定这样想过，但等您冷静下来的时候，您觉得可能吗？为了一个犹太囚犯，杀死自己的士兵。”路易斯摇摇头，“将军，我跟了您多年，我很明白您这个计划的良苦用心，但是，请您在把犹太人当成人的时候，想想我们的士兵，他们现在觉得自己是一个人吗？”

将军背靠着椅子，身体微微有些颤抖。

“将军，”路易斯继续说，“是的，这个时候，我们很多兄弟都在外面固守着国土，在浴血奋战，可是我们呢？一年了，我们一直待在这里，听着外面传来的捷报，而我们就像傻子一样在服侍这些犹太人。看他们演出，陪他们踢球，受他们的鸟气。我们是军人，我们必须绝对服从，可是，就因为我们是军人，在战争的年代，我们容忍不了这样安逸的、肮脏的生活。”

“路易斯上尉，你说的这些，我都知道，可是，这似乎与这件事无关吧！”将军转过身。

“关于这件事，我只能说，我们的士兵是男人，不是机器。”路易斯轻描淡写地说，“而且，将军你明白，这是犹太人的集中营，他们不是我们的同胞，是劣等民族，是该被毁灭的民族。这些士兵，都是跟随我们在外面打拼出来的，我们原来是什么样的？为什么现在变成这样？我想说，这件事的发生肯定和我们士兵心中的不满有关，而这些不满，将军，已经在您的迪特玛压抑了一年甚至两年了。”

考夫曼继续沉默不语。

“将军，您高高在上，一句话可以救这些杂碎，可是，您有没有和我们的士兵交流过，一切都是命令。但我们的士兵，是堂堂正正的雅利安人，流着雅利安人的血，我们是绝不会容忍和这些人和平相处的。”路易斯顿了顿，看了一眼朱利安上尉，“当然，不排除有部分孬种，喜欢这样的生活。”

“你！”原本一脸无奈的朱利安立即怒目相视。

“路易斯，你先出去吧！”将军发话了。

“是！”路易斯行了一个军礼，瞟了一眼朱利安，整理了一下军帽，走出了门。

“伯父！”朱利安在路易斯离开后，立即走到将军的身边。

将军示意朱利安不要说话，“朱利安，这件事对你来说一定很难容忍对不对？但路易斯是对的。”

朱利安安静了下来。

“我们不可能为了犹太人而去惩罚我的士兵，这也不是我计划的一部分。你记不记得我曾经说过，犹太人之前的使命是让我们雅利安人团结起来？”

“记得。”朱利安点点头。

“是的，对他们的仇恨让原本四分五裂的国家团结在了一起，但对他们的仇恨不仅仅是因为我们的煽动，而是由来已久，只是未被点燃。”将军继续说，“也许我真的忽略了我的士兵们！”

“可是‘天堂计划’……”朱利安想继续说，却被打断。

“这个计划的目的只是让他们成为奴隶，我太自信了，原本想用安逸的生活让他们成为精神的奴隶，这其实很难。如果不可能，就用武力压迫，也会得到一样的结果！”

“可是伯父！”朱利安想辩驳。

“不要说了，我知道你一直想在这里待下去，不喜欢看见杀戮，对不对？你不用否认，你父亲送你来，就是因为你没有一颗痛恨犹太人的心。于是，当我提起这个计划的时候，他很爽快地答应让你来到这，这对你来说很好！但像你这样的人太少了，我们的士兵，大都无法抹去心里的仇恨。”将军拉开了窗帘，集中营里的每一个士兵脸上似乎都带着些许无奈。

“那这件事，只能到此为止了吧！”朱利安问。

考夫曼将军点点头，示意朱利安离开。

朱利安行了一个军礼，慢慢地退出了将军的办公室，关上门的那一刻，他又想起了下午的那一幕，闭上了自己的双眼。也许和弗兰克一样，他也已经不习惯这样熟悉的场景再次上演了。

集中营的囚室里，听说了这件事的吉里、荷西和大卫他们都像弗兰克、埃利一样沉默着，一直沉默着。

路易斯的办公室里，路易斯和他的士兵们脸上，露出了胜利的微笑。

十六、重　演？

蜜莉靠在父亲的怀里睡着了，已经干了的泪痕让她原本白皙可爱的脸颊显得十分邋遢。荷西轻轻地抚摸着女儿的头发，不愿吵醒他。囚室里，吉里裹着头倒在床上，大卫呆呆地坐着；门口，弗兰克和埃利正蹲在墙边抽着刚才从食品站兑换来的香烟。蜜莉的哭声让这些大男人们感到心碎，而更可悲的是，他们找不出理由来安慰这个天使。

“爸爸，那些可怕的日子是不是又要回来了？”蜜莉的话一直在荷西的耳畔回响着，从耳鼓穿透到了他的心脏。荷西低下头，用脸轻轻地摩挲着蜜莉。

“蜜莉只是看到了地上的血迹就成了这样！唉！”埃利叹了一口气。

“没办法，谁让死去的是和她同一个囚室的女孩子，这一年里，她或许和我们一样，淡忘了很多东西，更何况蜜莉之前也没有经历太多。”弗兰克吐出一个烟圈，把烟蒂摁在地上熄灭。

“对，和我们一样，我们也淡忘了。”埃利把手搭在了弗兰克的肩膀上。

“我有预感，我们的好日子到头了！”弗兰克看着埃利。

“别说这样的话，或许是你想多了。”埃利答道。

“你不是说，我们也淡忘了吗？是的，一年了，安安静静的，可是今天发生的事情……我们终究是在集中营，我们终究是犹太人，是他们心里最劣等的犹太人。”弗兰克把手中的烟蒂远远地丢了出去。

“对于我们来说，这样的事情不是很平常吗？我们的那些过去又怎么可能轻易忘记。只是蜜莉，她好不容易从恐惧里走了出来，可是现在呢？那一幕的重演，会摧毁她的心智的。以后的日子，她只能过得提心吊胆，而我却无能为力。”埃利一屁股坐在地上，倚着墙壁。

“或许我们现在唯一能做的就是在她面前好好活着，至少我们要活得很坚强。往后的日子里，可能什么都会改变，但我们必须保护好荷西。”弗兰克站起身来，看着囚室里相拥的父女，“他是蜜莉唯一的依靠。”

埃利木木地点了点头。

“嘿，埃利，叫你们囚室里的娘们赶紧走了，再不回去我们可要锁门了。”卫兵走了过来。

“好，我马上去叫她。”埃利转身走进了房间，弗兰克还是站在门口。

看着蜜莉安静的表情，埃利实在不愿打扰。他慢慢地走到荷西身边，指了指门口的方向，荷西会意地点了点头。

“孩子，”荷西轻轻地喊了一声，他准备去抚摸蜜莉头发的手停在了空中。荷西脸上显出了些许无奈，犹豫了一会，他还是把手放到了蜜莉的头上。

“嗯?”蜜莉的头微微抬起,眼睛还未完全睁开,“怎么了,爸爸?”

“该走了,蜜莉,这里要锁门了。”埃利走到蜜莉身边。

“我、我不想回去。”蜜莉听到埃利的话后,马上一惊。是的,她不愿回去独自面对孤独和恐惧,原本安静的集中营现在对她来说只剩下父亲这里一个避难的港湾。

“听话,孩子!”荷西看着自己女儿痛苦的样子,自己的眼眶也有些湿润。

“爸爸!”蜜莉俯下身,趴在了父亲的腿上。

“孩子,”荷西抱住了蜜莉,“别让这些野兽找到借口!”荷西最终选择了这种接近威胁的方式来说服女儿。

蜜莉起身,呆呆地坐着,眼泪开始顺着脸颊掉落。

“让我送你回去吧,蜜莉!不能拖太久了,外面的士兵会生气的。”埃利拍了拍蜜莉。

蜜莉深呼吸了几次,用手擦掉眼里的泪珠,站起身。

“孩子!”荷西突然喊了一声,蜜莉停了下来,背对着父亲。

“以后,一切都要小心!”荷西很小心地吐出这几个字。

“嗯,爸爸,你也是!”蜜莉转过身。

走到仓库门口的时候,卫兵拦住了埃利,“干什么?埃利,你不知道马上要关门了吗?”

“对不起,我得把这位小姐送回去!”埃利恳求着。

“埃利,她也在这里待很久了,难道会迷路?”卫兵的嘴角微微一歪。

“不,太黑了,我怕她会害怕。”埃利说。

“哦，是这样啊，埃利，你倒是很体贴的家伙啊！”那卫兵说这句话的时候，眼睛从蜜莉身上扫过，蜜莉马上躲到了埃利背后，头贴着埃利的肩膀，嘴唇微微颤动着。埃利发现了蜜莉的变化，抓紧了蜜莉的胳膊。

“就一会，把她送回去，我马上回来，不会耽误锁门的时间。”埃利吞了吞口水。

“好吧，看着你是埃利的份上。”卫兵网开一面。

埃利急忙向卫兵鞠了一躬，拉着还在战栗的蜜莉头也不回地向女囚的仓库走去。

黑色的夜，冷冷的风，月亮斜斜地挂在天空中，只有弯弯的半圈，就好像一把刀，月光的皎洁，就像是刀锋的寒意。整个集中营里静静的，只听得见猫头鹰的叫声。那个女孩的生命、那地上的血迹都深深地刺痛着犹太人的心。

路上的枯草在两人的脚步下，深陷进地里。埃利用身体为蜜莉挡着风，蜜莉低着头，紧紧地咬着自己的嘴唇。谁都不愿意说话，蜜莉十分害怕，而埃利则担心着蜜莉心中的恐惧。

快到女囚仓库的时候，蜜莉停住了。埃利发现蜜莉的脚步声消失了，立马回过头，“怎么了？蜜莉，快到了。”

蜜莉突然冲上前，抱住了埃利。她把脸埋在埃利的怀里，开始低声哭泣。

不知所措的埃利呆呆地站在那里，当他清楚发生了什么之后，他用右手轻抚着蜜莉的头，闭上了自己的眼睛不愿去看蜜莉现在的样子。

埃利除了就这样成为蜜莉的依靠之外，什么都做不了。蜜莉哭得很小声，因为怕被人发现。埃利感受着蜜莉的眼泪一点点地穿透自己的衣服，他的前胸感受到了一片湿润。

过了一会儿，抽泣着的蜜莉渐渐平静下来，她吸了吸鼻子，用手帕擦去了眼泪，开始往仓库的方向走去。埃利看着蜜莉的背影，蜜莉却一直没有回头。

就这样，蜜莉消失在了仓库的门口，整个过程，安静却又压抑。

冷风吹来，失去了蜜莉体温的心口传来一阵刺骨的凉意，埃利马上用手捂住了湿透了的前胸。

“蜜莉，你现在的心，和我的感觉一样，对吗？”埃利说出了这句话，眼泪也开始从眼角渗出。这是蜜莉和自己第一次拥抱，是埃利第一次如此的贴近蜜莉。可是，现在埃利满脑子装的全都是蜜莉的辛酸、害怕和她哭泣的心灵。

迪特玛，难道美梦已过，一切都会重演？

第三章 生命中轉站

考夫曼将军的办公室一下子冷清了很多，因为路易斯上尉的进言，他自己也开始思考『战时天堂』计划的负面影响，对于他的士兵来说，这样的军令无异于对信仰的挑战。

一、来自柏林的电话

考夫曼将军的办公室一下子冷清了很多，因为路易斯上尉的进言，他自己也开始思考“战时天堂”计划的负面影响，对于他的士兵来说，这样的军令无异于对信仰的挑战。

考夫曼将军坐在椅子上，端着咖啡，木木地看着窗外。

“或许，他们可以坚持一年两年，可是压抑真的会引起更可怕的东西爆发吗？”考夫曼将军自言自语道。的确，对于犹太人的恨已经深入骨髓，和平相处这样的方式实在是不应景的存在。并不是每个人都会像考夫曼将军这样思考很多，将军会思考帝国的未来，可是士兵们却只能感受到内心的仇恨。

“怎样将这样一个计划坚持下去呢，现在离成功已经很近了，可是……”考夫曼将军正在沉思，桌上的电话突然响起。

考夫曼将军放下咖啡站起身去拿电话，电话里传出了一个久违却又熟悉的声音。

“老朋友，你是不是过得太安逸了？”这是元首的声音。

“元首！您怎么会突然打电话过来。”考夫曼将军习惯性地站直了身体。

“没什么，我打电话来是想问你，何时返回柏林？”元首的语气显然不太高兴。

“可我现在还在实验我的计划！”考夫曼将军的话带着一份坚定和执着。

“好，那我现在就命令你，终止你的什么计划，立刻给我回到柏林来！”元首在电话的那头开始咆哮。

“为什么？我的计划一直实行得很好，虽然，虽然还需要做一些修改。”考夫曼将军突然想起了那个死去的女孩子，在元首的面前，他什么都不会隐瞒。

“不必了，‘战时天堂’没有存在的意义了，我可不想把帝国顶尖的将军放在郊外当保姆。”元首有些讽刺地说，“考夫曼将军，你应该知道，对苏联的战斗打响的事情吧，我们一直都在推进，我们需要好的指挥官坐镇后方来支援这次战斗。”

“对苏联的战斗我已经知道了，可是这个计划同样重要！”考夫曼将军还在辩驳。

“重要？你是指你每年贡献的那些少得可怜的军需，还是指那些犹太人一文不值的生命？”元首的声音开始颤抖了。

“不，我已经和您汇报过，这个计划已经接近成功了，我们可马上推广。”考夫曼将军的脸上渗出了汗珠。

“接近？国会里，你的老朋友们对你这次的要求本来就很有微词，这一次的会议更是把你批评得一无是处。你知道这几个月里我们从苏联人那里拿到的物资有多少吗？我可不想只当一个每年只收获一次的农民！”电话里传来了元首拍桌子的声音。

“元首,我想,靠战争去掠夺资源只是权宜之计……”

“考夫曼将军,请注意你的言辞,你说的权宜之计,是不相信我们德国的士兵还是觉得你的犹太种植兵团更强大?”元首咄咄逼人。

“元首,我没有那个意思,可是太长久的战争,如果只是掠夺的话,那也只是一时的,只有拥有自己的生产能力才能坚持下去。”考夫曼将军说。

“我们有自己的工厂,已经不需要这些犹太人了。”元首发疯似的叫着。

“可是,我们德国的男人们更多的会走上前线。”考夫曼将军擦了擦额头。

“考夫曼,你是想说要抗命?要继续坚持你的狗屁计划?”元首那边传来了杯子被用力摔碎的声音。

考夫曼将军显然已经感觉到了元首那边的愤怒,沉默了一会,考夫曼说:“是的,我想坚持。”

“好的,很好,你就待在那该死的地方做你该死的事情!不过,关于你对犹太人的优待,国会已经愤怒了,这是对雅利安种族的一种背叛。当初我听信了你的计划,以为会拿到更多的回报,可是现在,你拿来了什么?什么都没有!考夫曼,你听着,我看不到你那计划的希望,完全没有。我不想再听到有人告诉我那个特殊的集中营了,我不想听到‘特殊’这个词,你最好开始做出一些改变!”元首压抑着情绪,可是依然高涨,有些词汇被元首不断翻动的嘴唇吞了下去,考夫曼凭着猜测了解到了元首的意思。

“您的意思是,开始屠杀?可是您早答应了我可以进行一段时间,现在只有两年而已。”考夫曼将军开始泄气了。

“对,我答应了,我也是想知道你这个计划对帝国的作用,但是我失望了，你什么都没给我，我更愿意去相信现在在前线浴血的士兵，而不是那群猪。因为你这个计划，让我成了白痴，让我自己打自己的嘴巴！”元首那边的桌子恐怕已经被捶坏了大半。

“可是，我……”考夫曼将军欲言又止。

“你不愿看到在你的极乐净土发生杀戮？那好，那你就把你那些该死的囚犯给我送到奥斯维辛去！”

“元首，这样的话，计划就破产了！”考夫曼将军的说话速度也加快了，毕竟这关系着自己的心血。

“这是最后的命令！考夫曼，给我去执行，别再放肆了！”元首坚定地说。

考夫曼的嘴唇微微抽动着，白色的胡子也微微抖动，“是，元首！”

“你可以待在那里一直到你集中营里空无一人为止，我的将军，帝国不需要胆小的人。你要知道，我们现在的敌人，是全世界！”元首狠狠地砸出了这句话。

“就是因为我们的敌人是全世界，所以我们才要有坚持的资本……”

这似乎是考夫曼将军最后一搏的机会，可是，他的辩驳马上就因为电话那头的挂断声而停止了。

考夫曼将军缓缓地将电话挂上，把电话机推离身前，一直到电话机摔到地上也没别的动作出现。考夫曼将军瘫倒在椅子上，办公室里继续着沉默，只有时钟跳动的声音。

“结束了，一切都结束了！”考夫曼将军的嘴里蹦出了这样一句话，他慢慢地闭上双眼，摇着头不愿相信刚才发生的一切。

一个电话，考夫曼将军失去了元首的信任，失去了“战时天堂”

计划，也失去了这两年的心血。

屠戮又会降临迪特玛。开始恐慌的人们，你们的生命轨迹已然被人画好，接下来，你们只能循着这条轨迹走向死亡。

二、异　变

考夫曼将军背对着门，透过窗子看着远处。这时，门突然被推开了，朱利安上尉和路易斯上尉走了进来。

“将军！”两人行了军礼。

考夫曼将军缓缓地转过身，坐在了椅子上，但他却久久没有说话。他只是呆呆地坐着，若有所思，几次想开口却欲言又止。

“将军，发生什么事情了？”朱利安上尉看着将军的样子，心有不忍。

“计划，被终止了！这里不再是天堂！”将军慢慢地吐出这句话。

“我不明白，将军！”路易斯上尉也上前一步。

“没什么要明白，这是元首的命令。听着，路易斯，你安排吧！从下周起，每周用火车送一批人去奥斯维辛，至于选定人选的方法，你自己决定吧！”将军抬起头看着天花板，可是又迅速地摇摇头。

“奥斯维辛？那是什么地方？”路易斯疑惑地问。

“波兰境内的集中营，一个犹太人的屠宰场。”将军用颤抖的手拿起了桌上原本要送去柏林的《计划进展报告书》。

“可是将军……”善良的朱利安上尉还想再弄清事情的真相。

“朱利安，安静点。路易斯，听清了你就去办吧，这件事对于你来说并不难。”将军盯着计划书，连头也不愿抬起。

“是的，将军，那么既然计划终止了……”

“我知道你想说什么，但是，我毕竟不想迪特玛变成地狱，别在我眼皮底下杀人，其他的，随便你吧！”将军提前打断了路易斯上尉的问话。

“是，我马上去办！”路易斯行了一个军礼，大步走出了办公室。他严肃的脸似乎终于放松了下来。

看着路易斯离去的背影，朱利安上尉却急躁起来。

“伯父，这到底是怎么一回事？”朱利安上尉双手撑着桌子，身体极力靠向考夫曼将军。

“孩子，元首等不及了！”考夫曼将军顿了顿，“我原本希望用这样的方式保证帝国战争中的供给，可是还未推广，帝国就已经发动了全面的战争。现在，我们的军队已经不断地开往苏联。”

“苏联，战争既然已经扩大，这个计划就更有存在的必要！”朱利安上尉的言语有些颤抖。

考夫曼将军苦笑了一声，“不，孩子，你不懂。现在战争进行得很顺利，不，是帝国发动的所有战争都很顺利，所以这也就等于我们可以从占领区直接掠夺资源，我们的这点产出根本不算什么。”

“那是因为没有推广，我们这里只是个实验，难道元首他不明白这一点？”朱利安上尉摇摇头。

“他懂，可是已经来不及了，全面战争的打响，我们将与全世界为敌，确实不能依靠这个计划了。”将军叹了一口气。

朱利安上尉缓缓地立起身，呆站着，喉结上下抖动，却一句话也说不出来。

“你知道吗，孩子?”考夫曼将军站到书架前，那里摆满了他的照片，其中就包括一张他与元首的合照，“我为什么离开柏林来建立迪特玛，不只是为了帝国的战争供给而已。”

“什么？伯父，你还有别的想法?”朱利安显得很惊讶。

“是的，我其实是想告诉国会那些人，我们不能急功近利，不能在立足未稳的前提下卷入世界大战。你知道，20 年前，我们也是腹背受敌，再优秀的民族也经不住千军万马时时刻刻的冲击。我想告诉他们，我们既然已经占领了很多地方，既然已经建立了强大的帝国，我们就应该静下心来好好计划我们的未来，休养生息。我们应该一点点地去蚕食我们四周的领土，等待时机，才能展开全面的战争。所以，我才会来到这里，用自己的方式去说服其他的将领们，只可惜就算我能说服整个国会，也没有办法说服我们的元首。对苏战争枪声打响的那一刻，就注定这个计划失败了。‘战时天堂’只有在我所倡导的战争方式中才能发挥更大的作用。”在朱利安面前，将军的眼中第一次闪出了泪花。

“伯父……”朱利安此时也不知道该说什么才好。

“苏联人不是法国人，也不是波兰人，我们还未完全准备好。”将军闭上眼睛，手扶着桌角。

“没有挽回的余地了吗，这个计划?”朱利安此时还无法完全理解考夫曼将军话里深层的含义，他现在只是期望可以守住迪特玛，守住这个战争中对他来说也是天堂的地方。

“没有了，如果我是元首，同苏联的战争一旦开始，我也会拼尽全力，哪怕搭上所有士兵的生命，也必须赢得这场战争。因为失败，就意味着帝国的灭亡。而战争中那巨大的消耗，只能依靠我们长期贮存的物资和以战养战的掠夺来保证。迪特玛，哦不，就算是真的推行了全部计划，那可怜的产出也只是杯水车薪。”将军瞟了一眼墙上摆放着的地图，手指微微颤动着。

“苏联真的那么可怕？”朱利安似乎有些不解，即使他不喜欢杀戮，但作为一个德国军人，辉煌的战绩让他还是深信德国的战斗力。

“它也是一个超级大国，同样拥有着团结并且强大的军队。但更可怕的是，它与帝国的东部几乎全线接壤。那是一条线，我们可以从任何一个点出击，而他们也可以从任何一个点来还击。而且，一旦我们的敌人团结起来，那么东线就会是世界的战场，西边也一样，北边也一样，南边，更是如此。”考夫曼将军从桌子上取了一支烟，慢慢地划起一根火柴点上。

“我……”朱利安上尉显然被将军的言辞震撼了，朱利安的眉头紧锁着，像是在思考，但却没有办法理清思路。

“孩子，你会明白的，走吧，我想一个人待一会儿。”将军站到窗口边，烟雾从他的指缝里慢慢地渗出来，进而包围了他整个人。

“是，伯父！”朱利安拖着步子走到门口，他已经忘记了敬礼，可是谁又会在意呢？

三、面临抉择

广场上，被召集起来的囚犯们都惊恐万分。但他们的恐惧更多的是因为那个女孩子，殊不知，这里所有人都已经站在死亡的刀刃上。正如弗兰克和埃利他们所担心的，那个看似独立的事件，昭示的却是群体的灭亡。

路易斯上尉今天的精神特别好，他站在旗杆下，手握着马鞭背在身后。

“从下周起，我们每周将会送一批囚犯前往别的集中营。”路易斯上尉大声地喊着。话音刚落，人群里一片骚动。

“去别的集中营？”

“谁去？”

“为什么啊？”

人们私下小声议论着，可是安静的广场马上就充满了不协调的声响。

“安静点！”路易斯上尉的眉头皱了起来，“听着，每周一的早上，我们会送一批人走，但是，这个人选……”

囚犯们都竖起了耳朵，因为这个可是关系到自己的未来。

“人选，由每个组的组长选定，每周每个小组必须选一个人，名单在周五的时候交给囚室的管理员。”路易斯上尉跺了跺脚，这个冬天也确实是寒冷。

人群安静着，但炸弹早已在人们的心中投下。

“就是这样，那么这次要走的人，就由组长在后天交给管理员吧！”路易斯上尉呼出一口气，在他头部附近形成了一股雾气。随即，他走下了旗台，转身时他的嘴角露出一丝微笑，“再见了，杂碎们！”

囚犯们带着疑惑回到了囚室，而那些组长们都被各自的组员围了起来，也许只有埃利例外。

那个女孩子的事情因为蜜莉的哭声给了这个小组更大的震撼，当别的小组开始讨论刚下的命令的时候，埃利他们却还在沉默着。当然，一个更大的原因是，埃利不愿意送走任何一个人。这一天，这个囚室里无人开口。

夜晚的时候，埃利一个人蹲在仓库外的草地上，望着漆黑的天空，一个声音突然在他耳边响起。

“是在烦恼人选的事吧？”弗兰克走到埃利的身边坐了下来。

“当然，我可不想随随便便就拆散我们的小组。”埃利手撑着草地，面无表情。

一阵寒风吹过，弗兰克裹紧了自己的衣服，“不知道，他们为什么这样做，也不知道目的地在哪里。”

“就算知道了又怎样？就算那里是天堂又怎样？除非有人站出

来,否则,我可不忍心看着自己的兄弟离开。”埃利看了一眼弗兰克。

“也许是天堂,也许是地狱,我们在这里待了太久了,两年,两年可以让这个世界改变太多太多,但也许还是一成不变。”弗兰克拔出地上的一棵草,放在手心里。

“你是在给我压力吗?”埃利苦笑了一下。

“不,只是说出你内心的恐惧,你此时此刻的想法不也是这样的吗?”弗兰克握紧了手中的小草,继而松开,任它飘落到自己的腿上。

“嗯。”埃利应了一声便不再说话。

漆黑的夜空,只能看见若隐若现的阴影,是云,是还在飘着的云。呼呼的风声响起,吹乱了弗兰克和埃利的气息。

“我,可以坐下来吗?”背后传来了吉里的声音。

弗兰克和埃利回过头,看了看吉里,点头示意他坐下。

“还在想人选的事情?”吉里笑着说。

“嗯,你倒是不会烦恼。”埃利拿这个活宝一点办法也没有,在任何时刻,吉里总是给人嬉皮笑脸的感觉,即使是现在这样一个不合时宜的夜晚。

“我给你解决烦恼来的,兄弟。”吉里咧着嘴,手拍了拍埃利的臂膀。

“你？别来添麻烦就是了。”埃利也笑了。

“不,我是认真的,让我走吧!”吉里说。

“什么?”埃利突然挺起身,几乎不敢相信自己的耳朵。弗兰克则疑惑地看着吉里,等着吉里的解释。

“让我走啊,我想离开这里。”吉里抬起头,感受着风的轻抚。

“为什么？这里不好?”埃利问。

“不,这里很好,可是我已经不喜欢了。”吉里说,“一年了,我已经在这里待了一年，你知道吗？除了我刚学走路的时候，我从没有在一个地方待上超过一年。”

“你的脑袋里到底在想些什么？”埃利摇摇头。

“你不会理解的，我们的性格不太一样。埃利，你呢，是典型的农民，就是那种给你一块地，就能甘心守着一辈子的人。”吉里嘴角露出一丝坏笑。

“你这浑蛋！”埃利骂了一句。

“而我，我从小都在流浪，不只是为了生活，更是因为，我喜欢流浪。”吉里闭上眼，像是在回忆，“我知道，你们都不相信我说过的故事，但是，那都是真的。即使你们取笑我，可我还是愿意和你们说，那是因为待在这里，实在是太寂寞了。我喜欢去看不同的风景，喜欢去交不同的朋友，喜欢尝试不同的生活方式。我一直想离开这里，可我也不会傻到拿生命做代价。不过，现在我们不是有一个好机会吗？”吉里说完这一切，躺了下去，手枕着头，仰望天空。

“但是外面，也许充满了危险，我们根本不知道这一年来，外面都发生了什么。”埃利迫切地想说服吉里，他似乎都忘记了吉里的要求正好可以解决眼下的难题。

“待太久了，实在太久了，我已经熟悉了这里的一切，我想离开，去看看不一样的世界。至于你说的，我今天都在考虑，待下去，老死在迪特玛？嘿，哥们，那不是我的性格。”吉里朝埃利的方向笑了笑。

“吉里……”

“埃利，何况我还能帮你解决一个难题，不是吗？”吉里说。

“可是……”埃利刚想说话，就感觉到弗兰克紧紧握住了自己的胳膊，捏得自己都有些疼。他转向弗兰克，发现弗兰克微微朝自己摇了摇头。埃利安静了下来，三个人都安静了下来，难题解决了，很容易地解决了，只是卸下包袱的埃利依然不能快乐。吉里平躺着，枕着头，好像睡着了一样。弗兰克拉起埃利，离开了。

吉里走回囚室之前，埃利早已把一切告诉了其他人，所有人又陷入了最习惯的沉默。

“嘿，外面真冷，我居然差点睡着了。”吉里裹紧衣服走了进来，发现大家沉默着，吉里笑了笑，“怎么了？”

大卫缓缓地站了起来，走到吉里身边，抱住了吉里。

“嘿，哥们，你抱得我很疼啊。嘿！”吉里一阵乱叫，大卫却没有因此而放手。

“嘿，哥们，你弄疼我了，弄疼我了。”接着，吉里也安静了下来，眼泪从他的眼眶里流了下来。荷西站起身，走到门旁，轻轻地把门带上。埃利和弗兰克，望着吉里，垂下了头。

周一的早晨，被选中的人在月台集合，吉里和众人一一拥抱，“兄弟们，别太想我，如果上帝还眷顾我们，我们会在外面再见的。那个时候，你们会发现吉里还是那个快乐的吉里。”

“大卫，别整天板着脸，那可不像吉里的兄弟。”吉里猛力打了打大卫的胸脯。

“还有你们，好好保重，兄弟我终于可以离开这鬼地方了。”吉里伸了个懒腰，感受着久违的阳光。

“喂，你们这群白痴，快上车！”路易斯上尉带着士兵走了过来。

吉里看了看路易斯，转过头来，“兄弟们，我走了。”继而走过铁丝网，走上了月台，混在了人群里。

弗兰克他们则一直盯着吉里，不让他离开自己的视线。远远的，吉里和大家对望着，突然吉里的脸上露出了一丝微笑，然后转过身，在德国士兵的驱赶下，踏上了火车。

当所有被选中的囚犯上了火车之后，车门关闭了，汽笛响起，火车缓缓开动，驶离迪特玛。弗兰克他们已经看不见吉里了，但众人还是站着，因为他们知道，在火车上的某个小窗口，吉里一定也在看着他们。

汽笛的呼啸声，由震耳变得遥远，集中营里送走自己兄弟们的囚犯渐渐散去。大卫搀扶着荷西向囚室走去，只有埃利和弗兰克还站在通往月台的铁丝网附近。

“为什么不让我告诉吉里我们所担心的事？”埃利叹了一口气。

“吉里那么聪明，他什么都懂，不用我们提醒。再说，让一个人带着希望走向前方不是更好吗？”弗兰克回答。

“希望？”

“吉里明白自己会面对什么，但是，他已经坦然了。像他那样的性格，待在这里本身就是一种折磨。”弗兰克拍了拍埃利，转身离开了。

夜晚降临的时候，只剩下四个人的寝室里出奇得热闹。所有人都在拼凑吉里说过的传奇故事，虽然结束的时候大家都很感伤，但过程却很快乐。吉里，这一定是你最喜欢的纪念方式，对吗？

四、新的成员

天空又阴沉了起来。自打吉里走的那天起,集中营里的德国士兵似乎都忘记了安排犹太人劳动,一切无聊得似乎有些过分。

埃利躲在囚室里裹着被子,这三天来除了吃饭,他都在睡觉。弗兰克也一直在囚室里待着,他时常望着埃利,脸上露出无奈,因为他明白埃利现在是在逃避,逃避下一个选择,就和当年自己离开诺阿的时候一样。荷西常常跑去和蜜莉见面,而大卫,则喜欢一个人坐在仓库门口的草地上望着天空,怀念着他的好兄弟吉里。

旗杆上的旗帜木然地垂下,地上没有影子,潮湿的地面冷得很刺眼。

临近中午的时候,火车的汽笛声又响起,随即一群陌生的囚犯从火车上走了下来。当这些新囚犯被带到广场的时候,集中营里又开始喧闹起来。

“啪!”大卫猛地推开门,门板砸在墙上,发出了巨大的响声。

“干什么？你这该死的。”刚刚还处于沉睡状态的埃利马上坐了起来，用还未清醒但带着怒气的眼睛看着大卫。

“外面，外面来了新的囚犯，就在广场。”大卫的一席话仿佛给埃利浇了一盆冷水，埃利麻利地从床上跳了下来，冲到了仓库的门口。

仓库外已经有很多囚犯聚集起来，埃利他们赶到后，发现广场上站满了陌生的犹太人，这些犹太人的胸前还缝着一颗醒目的六角星。

“新的囚犯！”弗兰克自言自语。

“这里已经很久没有人来了，这些人是来做什么的，也是干活？”埃利疑惑地看着人群。

“不，好像有点不对劲。”弗兰克说。

“怎么了？”埃利和大卫异口同声。

“你们看！”弗兰克的手指向了人群的左侧。

顺着弗兰克手指的方向，埃利和大卫发现了人群中居然出现了孩子。埃利惊叫了一声。

“不单单是这样，我看那边像是一个家庭。”弗兰克继续说，“你们看那孩子的身边，有两个年轻的男女牵着他，应该是孩子的父母。”

“这是怎么一回事？”荷西的声音响了起来，拉着蜜莉迅速地来到了弗兰克他们的背后。

“新的囚犯，”埃利说，“但却是不一样的囚犯，他们中出现了孩子。”

蜜莉踮起脚尖从人缝里试图找到一点自己想看到的影像，但却一无所获。

“安静!”一个邪恶的声音响起。

“嘘,路易斯来了。”埃利对蜜莉和众人做了一个闭嘴的手势。

路易斯上尉走到了旗台上,扫视了台下的囚犯后说:“欢迎来到迪特玛,你们的新家,你们也许很恐惧,那很自然。我没有时间向你们解释这里的一切,留给你们自己去找答案。”路易斯的嘴角微微一弯,“那些被搜捕来的逃避者将被送到北边的囚室,其他人,就加入原先的小组吧。”

“我们会有新的成员。”大卫说。

“嗯,看来是。”弗兰克接道。

“那很好,那很好。”埃利的表情终于放松了下来,因为他知道,解决问题的办法也出现了。那就是,送走新来的成员,不管他是谁。

午饭时间刚过,埃利小组的寝室外响起了一个声音:“滚进去,这就是你的小组。”随即,门被推开了,走进来一个很年轻的小伙子。

小伙子战战兢兢地站在门口,看着囚室里的四个人。

“你好,欢迎来到这里。”埃利首先起身,指了指吉里原先的床铺对这个新人说:“你就睡这里吧!”

小伙子微微点了点头,把抱着的铺盖放到了床上。

“你叫什么?”埃利问。

“西蒙。”小伙子一边铺着床铺一边对埃利说。

“哦,西蒙,外面的情况怎么样了?要知道,我们可是很久都没有走出这个集中营了。”

西蒙突然停住了,“很糟糕,大部分犹太人都已经被抓住了,军队和盖世太保还在寻找躲藏起来的犹太人。”

“你没有去北边的囚室,你不是因为躲藏被抓的,那你……”弗兰克问。

“我?”西蒙抬起头,“我很早就被关进了监狱,后来被送到德国军队的工厂里劳动,前几天,我们那个工厂的工人被一起召集起来,今天就到了这里。”

“你们来的人里面,有孩子,这很奇怪。”大卫说。

“很奇怪?大部分的犹太人都是全家被抓住的,当然,除非他的家人早就死了。”囚室里其他人的表现倒是让西蒙很诧异。

“不,我们这里很特殊,很久没有见过孩子了。”埃利笑了笑。

“是吗。”西蒙应了一声,倒在了床上,看得出来,西蒙相当疲惫。

“喂!”埃利轻轻对弗兰克喊了一声,示意弗兰克跟自己出去。

到了仓库的门口,埃利对弗兰克说:“新来的人,倒是解决了难题。”

“你肯定是想说,这周的人选有了着落对吧?”弗兰克无奈地点着头。

“你还真厉害。”

“就你那点小伎俩,不用说出来我也知道。”弗兰克盯着埃利。

“可是,我还是有点不安。”埃利的语气降了下去。

“这也是肯定的,因为你也不知道他们的目的地是哪里,就和吉里一样。”弗兰克把手插进了衣袋,望着远处的瞭望塔。

“可是,总不能让我们的小组再少一个兄弟了。”埃利叹了口气。

“放宽心点吧,也许他们的前方比我们这更光明。”弗兰克转过身走回了囚室,埃利则愣愣地站在门口,掏出了身上的香烟。

西蒙倒是一个很开朗的人,夜晚的时候他已经和囚室里的人很熟悉了。

西蒙一边叼着埃利给他的香烟,一边和大家聊着天,西蒙给大家带来了许多外面的信息，比如德国与苏联已经开战，还有犹太人在外面的悲惨生活。大卫和埃利则告诉西蒙关于迪特玛的一切，关于这个“战时天堂”，当然，只是曾经的天堂。

大家一起过了四天的生活，很融洽。可是，四天之后，西蒙莫名其妙地被送上了火车。这一次，小组里没有人去为他送行，西蒙充其量也只是埃利他们生命里的过客而已。

没有祈祷，没有谈论。西蒙这个人就像没有存在过一样，西蒙是吉里走后来的第一个新人，可是大家都默契得有些让人不敢相信，好像西蒙根本就不是第一个新人，而是第几百个一样。路易斯的命令下达后，整个集中营也达成了一种默契，那就是——“新人的中途站”。

五、中 途 站

没有人知道火车的终点在哪里，当然，答案很简单，活着或者死亡。

迪特玛里的日子似乎又回归于平静，就好像最开始的时候一样，没有杀戮，大家安静地生活。唯一不同的是，每一周这里都会有许多新面孔，而一周后，刚来不久的新面孔又会随着火车走入囚犯们模糊的回忆中。

埃利、弗兰克、大卫和荷西依旧生活在一起，解决了难题，大家又抱成了团。吉里的床铺时而被陌生人占着，时而空着，但在大家的心里，这个床铺的主人只有吉里一个人而已。

在不断的“辞旧迎新”中，埃利他们学会了冷漠，孤立新来的人，为的只是送这个人上火车的时候，良心上的谴责可以少一些。后来，大家都习惯了以这样的方式生活着，于是痛苦渐渐被遮盖，直到可以忽略不计。

“他们本来就不属于这”，“也许他们去的地方会比迪特玛更好”,“我不能牺牲自己的兄弟”……埃利的内心常常重复着这些话,这是理由,解脱的理由。

新人们的生活也还算惬意,在这里不需要躲躲藏藏,每天的劳动不算繁重却也能换来一顿饱饭。许多人,在刚来这里的时候就喜欢上了迪特玛,毕竟外面的世界依旧可怕。

满员的迪特玛十分拥挤,铁丝网前常常站满闲聊的人们。那些因为犯了罪被抓来的囚犯没有进入原先的小组,所以他们的命运是由德国士兵决定的。有些人刚到迪特玛也像那些进入其他小组的囚犯一样马上被送上了火车,但也有的因为运气好,一直留在了这里。

礼堂里的演出依然进行着,许多新来的囚犯都跑过去享受难得的安逸。而那些老资格的,听腻了千篇一律的戏剧后就很自然地让出了礼堂里的位置,当然,像埃利这样的“超级戏剧迷”是不会放过任何一次陪伴蜜莉的机会的。

弗兰克,还是会选择在演出的时间去踢球。虽然选择小组成员离开的命令已经发布,但生活似乎又回到了原来的轨迹上。一切如故,只是多了些陌生人,没有了吉里。

每周一的月台都很拥挤。周六的时候,埃利会很认真地问来到自己小组的新人叫什么名字,名字怎么拼写。在上报的名单中写对新人的名字,已经成为了埃利唯一能表示对新人尊重的方式。

时光流逝着,生活的单调又开始降临这里。不过这一次,没有人抱怨。吉里离开后,这四个安于现状的人让囚室变得更加和谐,有时又安静得可怕。

又到了周一,又要送走一批人。埃利推门进囚室的时候,只有弗兰克在里面。弗兰克坐在床上,紧靠着窗台,眼睛望着窗外,似乎在想着什么,他的手里拿着一个红色的发卡。

"嘿,哥们,发什么呆呢?"埃利走到弗兰克身边坐下。

"哦,没什么,只是不知道应该做什么。"弗兰克低下头,看着发卡。

"这发卡,"埃利拿过弗兰克手中的发卡端详了一番,"是哪个女孩子送的?"埃利坏笑着。

"不,这是我捡到的,是一个小女孩的。"弗兰克叹了一口气。

"小女孩?"埃利把发卡轻轻地放在了床上,他知道,这里面一定有故事。

"今天,送那些人上火车的时候,我见到了一个小女孩,很可爱,灰色的眼睛,黑色的头发。"弗兰克说。

"你,你去送人了?送那个叫麦克的家伙?"埃利问,麦克正是这个星期进入埃利他们小组的新成员,当然,麦克今天上午的时候也已经被送上了火车。

"不,我没有去送他。我只是不知道该做什么,早上的时候闲逛去了车站。"弗兰克把手搭在了窗台上。

"那,那个女孩子是怎么回事?"埃利问。

"早上去的时候,那些囚犯正在排队,我站在他们身边。这个时候有一个小女孩拽了拽我的衣服,把这个发卡递给我,让我帮她拿着。她说要系鞋带,怕发卡放地上被人踩坏了。"弗兰克努力地回忆着。

"你那么善良,肯定会站在那里看着这个可爱的小女孩绑鞋带,像个父亲一样。"埃利大笑起来。

弗兰克的眼睛里突然失去了神采，“如果茱迪还在，也许和那个小女孩一样大了。”

埃利发现了弗兰克的不对劲，连忙道歉：“对不起，勾起了你的伤心事。”

“嗯，没什么。”弗兰克苦笑了一声，抱住了自己的膝盖。

“事情都过去那么久了，你就别折磨自己了。”埃利把手搭在了弗兰克的肩膀上，“还是说说那个可爱的女孩，这发卡怎么还在你手上？”

“她系鞋带的时候，德国士兵开始驱赶人群，小女孩被人群挤进了铁丝网通道，而我只能在外面看着她离开。”弗兰克把头抵在膝盖上，摩挲着自己的胡子。

“哦，是这样，真可惜。”埃利说。

“如果我当时能拉住她就好了，或者，我应该把手伸进铁丝网。”弗兰克呆呆地看着床板。

“笨蛋，你现在真像个孩子。如果是那样，你也许会被一起带走。”埃利站起身。

“可是，那小女孩失望的眼神，她一直盯着这个发卡的眼神，真的让我很心疼。也许，这已经是她最宝贵的东西了，可是她却不能带走。我就这样一直看着她，看着她走上火车，然后离开。”弗兰克埋下头。

“别担心了兄弟，你不是说过，至少我们还活着，活着就好。她会得到新的发卡的，也会好好地活着。”埃利坐到自己的床上，点上一支烟，看着门外。

“嗯，希望如此。可我们还不知道，那辆火车的终点到底是哪里。”弗兰克向埃利示意拿一支烟。

“不是早就说过，不要去想了吗？”埃利递过烟，为弗兰克划上了一根火柴，“不要给自己负担，这是你告诉我的。”

弗兰克猛地吸了一口烟，沉默不语。那个发卡，那个女孩，勾起了弗兰克心中对妻女的回忆，弗兰克觉得自己应该做些什么，可是又能做些什么呢？

这一天，从迪特玛离开的人总计是2053名，包括127名儿童，这些孩子都有着和那个小女孩一样可爱却充满哀伤的眼睛。但是，那个小女孩再也没有机会戴上自己心爱的发卡了。

迪特玛“中转站”，生命停歇的地方，可也只是短暂地停留，即将奔赴的下一站，也是生命的终点。

六、真　相

又过了一个漫长的夜晚，习惯了黑暗的迪特玛似乎已经不太适应清晨的阳光。升起的太阳，有些刺眼，弗兰克眯着眼睛，来到了球场。

不一会，朱利安上尉也来了，他们就像队友一样，习惯于这样的默契。

挥汗如雨的时间伴着喘息和泥泞，这一天，弗兰克面无表情，朱利安依旧在感受着这份惬意。

结束的时候，朱利安靠着石柱，笑着对弗兰克说："你今天全然不在状态，怎么了，有心事？"

弗兰克紧咬着牙，突然张口："能告诉我这趟火车的终点是哪里吗？"

朱利安的脸色突然一变，"这个，我不知道。"

"不，你一定知道。"弗兰克站起身来，俯视着朱利安。

朱利安扭过头去，"弗兰克，有些事你不必明白，你现在这样能好好地留在这里，就行了。”

“不，我想知道，请你告诉我！”弗兰克蹲了下来，望着朱利安的眼睛。

“我？”朱利安推托着，低头躲开弗兰克的眼神，开始绑鞋带。

“果然，真像我猜的那样吗？”弗兰克苦笑了一声，拿起了地上的衣服向场外走去。

朱利安闭着眼睛沉默了一会，突然站起来，朝着弗兰克说：“终点叫作奥斯维辛。”

弗兰克停下脚步，转过身，“那是个什么地方？”

朱利安抱着头，沉默不语。

“告诉我，那里是个什么地方？”弗兰克大吼着。

“那里，”朱利安迟疑了一会，“是一个屠宰场，犹太人的屠宰场。”

“浑蛋！”弗兰克冲了上去一把抓住了朱利安的衣领。

朱利安的身体开始随着弗兰克手的节奏颤抖着，朱利安无力地任由弗兰克摆布。

“那么，这里走的犹太人呢？都是去送死？”弗兰克问，“回答我！”

“对！”朱利安无奈地点点头，“那里不会有活人走出去。”

弗兰克听完这句话，举起拳头，但拳头却停在了空中。

“弗兰克，听我说，”朱利安慢慢地挣脱了弗兰克的手，叹了口气，“有些事，你知道了没好处。其实我刚开始知道的时候也为你们担心，可是你也看到了，那些新人们填补了空缺，这个集中营里原先的囚犯不会再有危险。”

“够了，难道那些新来的人不叫人？难道他们拥有的不叫生命?”弗兰克摇摇头,“还有,还有吉里,那些第一批离开这里的人,难道……”弗兰克的眼角闪出了泪光,无法继续说完自己想说的话。

“我,”朱利安的喉结抖动了一下,他走上前,把手搭在了弗兰克的肩膀上,“好好活着吧,至少现在,你还在。”

“抓我吧,抓我啊,我刚才殴打了一名军官。”弗兰克对着天空开始发出刺耳的笑声。

朱利安呆呆地看着弗兰克,突然说:“对不起,弗兰克,我知道你一定接受不了。但好好保护自己才是你现在唯一能做的事情。”说完,朱利安转身离开。

“朱利安,”弗兰克喊住了朱利安,“对不起,你是一个好人。”

朱利安摇摇头,把手中的衣服拍了拍。

“从没有军官会对我们说对不起。”弗兰克接着说。

“是吗?”朱利安踩了踩身边的杂草,“那就证明,我不配当一名军官。”朱利安苦笑着看了弗兰克一眼,径自走向自己的住处。

“奥斯维辛,屠宰场。”望着朱利安离去的背影,弗兰克坐了下来。他从身上摸出那个小女孩遗落的发卡,另一只手攥紧了一块捡起的石头。

囚室里,讲述完的弗兰克瘫倒在床上。

“杂碎!”大卫一拳砸在了床板上,眼泪从这个大汉的脸颊上滑落,“吉里,我的兄弟。”

埃利则显得十分惊恐,他努力不去想吉里和那些被送上火车的人,可是无数在这个囚室短暂居住过的面孔却在他脑中清晰地浮现着。

“弗兰克,我们猜中了,不是吗?”

弗兰克背过身,面对着墙壁,不愿回答这个问题。

“唉!”荷西站起身,走到窗口,愤怒地看着窗外的德国士兵,“我们只是被人玩弄的玩具。”

“啪!”大卫站起身,双脚落地的巨大声音震得地面有些摇晃。

“你要做什么?”埃利大声问。

“去找这群杂碎拼命。”大卫的眼睛因为情绪的高涨变得血红一片。

“你疯了,坐下!”埃利呵斥着。

“难道就这样被他们玩弄?”大卫走到埃利的面前,盯着埃利。

“够了。”弗兰克起身,“已经少了吉里,我们不能再失去一个兄弟了。”

“那你说,现在该做什么?我们能做什么?”大卫转向了弗兰克。

“继续,继续让那些新人代替我们。”弗兰克闭上双眼。

“你这样和直接杀他们有什么区别?”大卫吼着。

“你有更好的办法吗?”弗兰克不顾一切地跳下床。

“我……”大卫正想驳斥,可是思考了一会,他还是安静了下来。

埃利吞了吞口水,起身打开门,缓缓地走了出去。

“他会是最痛苦的人,”荷西看着埃利,“埃利很善良,他会觉得自己像一个刽子手。”

大卫坐到床上,拼命地抓乱自己的头发,弗兰克则追到了门外。

埃利一个人在集中营里缓慢地走着,面无表情,走到了铁丝网旁,埃利停下了脚步,一只手抚摸着铁丝网,突然一把拍了上去。倒刺无情地扎进了埃利的血肉,鲜血顺着手臂流了下来,但埃利却一点没有疼痛的感觉,这个时候,心里的疼痛已经超越了身体。即便他早已想过这样的结果,可是真当一切被证实的时候,他的身上就好像突然染满了鲜血,而这些血迹却是抹不掉、擦不干的。

弗兰克走到埃利的背后,轻轻地把手放到了埃利的后背上。中午的太阳热得可怕,太阳下,一切似乎都散发着热气,包括那些滴落的鲜血。

“我是一个刽子手!”埃利用颤抖的声音对弗兰克说。

“你能保护的,只有这四条生命!”弗兰克看着铁丝网外。

“只有?”埃利显得十分沮丧。

“对,只有!”弗兰克无奈地回答。

那个发卡,依旧静静地躺在弗兰克的床上,只是它的主人,已成了一堆灰烬。

七、折　磨

“啪!”囚室的门被踢开了,一个德国士兵走了进来。

“嘿,埃利,快上报这一周要被送走的人。”士兵嚷道。

囚室里,大家听到这样的话都故意看着窗外,埃利则慢慢地站起身。

“埃利,快说,难不成这次是你自己要去坐火车过过瘾?”那士兵大笑着。

埃利沉默了一会,朝身旁那个熟睡的新人指了指。

“哦,我知道,我知道。现在大家都是这么干的,让新人滚蛋,你们还真是贼啊。”那士兵朝埃利挤眉弄眼,“不过话说回来,你总得告诉我这个可怜虫的名字嘛!”

“我……”埃利准备开口,却突然发现他居然不知道这个新人的名字。自从知道了火车的目的地之后,埃利就拼命地躲避新人,以前会首先问他们名字,但现在他面对新人就会感觉到愧疚和恐惧。而最痛苦的,就是埃利现在已经没有任何理由来说服自己坦然送走这些新人了。

“快说啊，埃利！”那士兵有些不耐烦了。

“他叫本。”一个声音从埃利背后传出，是弗兰克。

弗兰克走到埃利的身边，示意德国士兵拿出那本上报名单。接着，弗兰克在名单上写上了本的名字，弗兰克的表情冷漠得有些可怕。

“好了。”弗兰克把名单和笔递还给那名士兵，转身倒在了床上。

“你比组长还积极。”士兵看着弗兰克数落了几句，退出了房间。

埃利呆呆地站在门边，大声地叹了口气，走到弗兰克的床边蹲下。

“你不用说什么，”弗兰克看着埃利说，“我早知道会是这样的，所以，我已经问好了。”

“谢谢！”埃利的这句话，包含了很复杂的心情，感激、惊讶、愧疚还有无奈。

“怎么了，有事吗？”刚才还在熟睡的本被吵醒了。

“不，没、没什么！”埃利结巴着，“你要是累的话，就再休息会吧。”

本微微点头，继续转身睡去。

晚上的时候，弗兰克和埃利来到了仓库外的草坪上。

“吉里走之前，我们也曾在这里聊过天。”埃利说。

“是的，不过现在似乎有所不同了。”弗兰克拿起烟，吸了一口。

“对，我真的杀死了他们。”埃利低下头去。

弗兰克看着沮丧的埃利，“你知道，为什么今天我要帮你写吗？”

“是为了减轻我的痛苦，我明白的。”埃利拍了拍弗兰克的腿。

“有这方面的原因,但是还有其他的。”弗兰克吐出了一个烟圈。

“其他的?”埃利抬起头。

“对,你一直觉得你是刽子手?”弗兰克问。

“当然,这些人都是我送走的。”埃利回答得很干脆。

“不,不是。”弗兰克苦笑着摇摇头。

“你是什么意思?”埃利不解。

弗兰克看着手中的香烟在风中忽明忽暗,轻轻地说:“其实,我们都是刽子手!”

“什么?”埃利明明听见了,却不敢相信自己的耳朵。

“还记不记得我说过,你要保护的只有四个人?”弗兰克说。

“记得,就在上次。”埃利盯着弗兰克。

“没错,当在你心里决定一定要我们这四个兄弟活着的时候,一切都已经注定了。也就是说,不管是谁加进来,他都得去死,你只是在做已经注定的事情,已经没有任何改变的余地。除非你想放弃我、大卫或者荷西,你会这样做吗?”弗兰克把手搭在了自己的额头上。

“不会,当然不会。”埃利显得很激动。

“那么,就是我们四个在一起杀人而已。”弗兰克把烟头在手心掐灭,随即传来短暂的“嗞嗞”声,以及一阵皮肉的焦味。弗兰克显然感觉到了痛苦,他的眉头一锁,可是却仍旧没有丢掉烟头。

看着弗兰克这样,埃利想制止,但犹豫了一下还是没有去做。因为,他现在可以体会到弗兰克心中的痛苦,就和他自己心中的一样。

“我也是刽子手,不能把一切都让你来承担。”弗兰克攥紧了拳头。

"可我们,真的无力去抗争吗?"埃利说道。

"你这句话,不应该用疑问的语气。"弗兰克的眼中满是无奈。

"兄弟,我知道你一直在帮我。但我很奇怪,为什么你总是像一个圣人,或者说是先知?我感受到你心里的痛苦,但我做不到像你这样的冷静思考。"埃利叹了一口气。

"不,我什么都不是。当我从朱利安口中得知真相时,我差点要了他的命。"冷风吹过,弗兰克前额的头发微微翘起。

"可是,你依然会在事情过后去思考,去为我分担痛苦。"埃利很感激弗兰克所做的一切。

"这是战争,不是其他。像我们这样的人,又哪会去在意谁对谁错?只要能生存就是最大的幸福。"两人沉默下来。

不远处,车站上的路灯还在亮着,偶尔传来德国士兵整齐的脚步声。

"埃利!"

"嗯?"

"你知道吗?我们已经很幸运了,至少我们的命运可以自己决定。"弗兰克说出这句话的时候显得很痛苦。

"只是代价是让别人去死。"埃利苦笑着,"但是,吉里!"埃利狠狠地捶了捶地面,手上的伤口又显出了片片殷红,"吉里真的死了!"

"不要自责,那是吉里自己的选择!"弗兰克轻轻地掐了掐埃利的后颈。

"但吉里没有选择死亡啊!这不是他要的结果!"埃利大声喊着。

"那个时候,无论是谁,自己站出来,你都得让他去,至少他是有准备、有目的的,我们不可能平白地牺牲那些不愿去的人。"弗兰克说。

“你说这句话的时候,真是个魔鬼。”埃利看着远处的车站。

“听着,埃利,不要一直活在自责里,以后我们会一直做着现在做的事情,迎来一批人,送走一批人。不要和他们走得太近,就和以前一样。”

“不,这不一样,以前我们怕的是离别,现在呢?我们怕的是亲手送他们去死!”埃利吼道。

“都一样,只要我们活着,别的都已经无所谓了。”弗兰克站起身,朝车站的方向做了一个祈祷的手势,转身离开。

埃利跪坐在地上,开始抽泣。可是,埃利没有看到,此时弗兰克的眼睛里也滑落了泪滴。

八、车　站

关于终点的猜测停止了，火车尽头是屠宰场的消息不胫而走。

漆黑的夜里，常常能在很多囚室里听到哭泣的声音，当然，这些声音全都来自那些已经知道自己将面对死亡的新囚犯们。不过，哭泣的结果往往是被囚室里老资格的人暴打一顿，再或者就是被守夜的士兵拉出仓库，在寒冷中一直待到天明。

路易斯上尉最近很高兴，他发现原来告诉人们真相之后，游戏才显得更有意思。原本只是把一群不明情况的傻瓜送走，现在已经演变成了集中营里犹太人的互相猜忌和恐惧。游戏的趣味性大大增加了，这也让路易斯上尉对将军下达的禁止杀人的命令不再抵触，在精神上折磨犹太人，远比在肉体上折磨更有挑战性。

朱利安在告诉了弗兰克一切之后便不再来踢球了，他内心的痛苦根本没有人可以去理解，他同情犹太人，但军人的身份不允许他有这样的想法。

现在，“战时天堂”计划只保留了不在集中营里杀戮的外壳，其内在依旧是种族灭绝的精神。原先的计划呢?考夫曼将军的计划最终是消磨犹太人的意志,使犹太人放弃民族归属感。其实,过去的迪特玛和现在只有一点不同,那就是过去的集中营是为了让犹太人在精神上死亡,而现在的迪特玛则走上了在肉体上毁灭犹太人的老路。

囚室里还是有欢笑声,当然,基本上都是由那些资格较老的人发出的,那些新来的囚犯只有在嘲笑命运的时候会发出几声悲伤的笑。孤立变得越来越可怕,不知道列车终点的时候,孤立只是不想和新来的囚犯太亲近,而现在则变成了完完全全的隔离,每一个囚室都有一个床铺成为禁区。

或者抱着头,或者自言自语,或者蒙头沉睡,这些新来的囚犯在这"天堂"里活得很累。他们在生命的最后一个礼拜活在恐惧和孤独当中,没有人可以从这些讨厌的情绪里走出来。在囚室里感受到的黑暗,导致了这些新来的囚犯在放风时也显得呆滞,他们只会隔着铁丝网,呆呆地看着外面的世界,看着被隔成一块一块的天空,看着自己被割裂的生命。

迪特玛的车站,成为了墓地的墓碑,踏上月台,就意味上帝在向自己招手。

新的一周开始了,新的牺牲品踏上了月台。没有了说笑,没有了告别,车厢外涌动的是即将消逝的生命。被选中的囚犯一个个沉默着,眼中或者无神或者充满了恐惧。

一个犹太中年人在踏上火车之前突然转身,想冲下月台,他的嘴里大喊着:"我也是德国人,我也是德国人!"中年人的眼中噙满了泪水,饱经沧桑的脸上划出了一道泪痕。

这个时候,德国士兵围了过来,开始用枪托猛力地砸向中年人的头、背、四肢。鲜血渐渐从皮肤里渗出来,很快蔓延到了全身,蔓延到了枪托上,溅到士兵们绿色的军装上。那个中年人还是在向铁丝网通道爬去,月台上的犹太囚犯们自觉地让开了道路,这是他们现在唯一可以做的事情。中年人爬得很缓慢,还时常被士兵们踹着向后翻滚,但是,他眼中通向铁丝网通道的视线里一直有一条路。

"我也是德国人,我也是德国人啊!"声音还在响起,只是带着喘息。

"德国!"中年人的声音渐渐变小,这是他最后说出的一个词。

月台上许多犹太人都背过身去,不愿看这样的场景出现。

"这家伙是死了,还是晕过去了?"一个士兵问。

"不,他不可能死,我们在这里是不能随便杀人的,所以他不能死。"一名军官笑着说。

"那,我们该怎么办?"士兵把枪背上肩,蹲下身看了看那名倒在血泊里的中年人。

"来!"军官示意身边的士兵都过来帮忙,他们抬起已经没有知觉的中年人,丢进了车厢。当这个红色的躯体被丢进车厢的时候,车厢内传来了阵阵尖叫。

"你不配当德国人!这里不是你们的国家!"军官朝车厢啐了一口唾沫,转身开始驱赶月台上的囚犯进入火车。

火车开动的时候,许多囚犯都站在窗口,看着外面的世界。他们看着的是依然宁静的森林、河流,是过去的生活,是在回忆里曾经鲜活过的生命。他们的眼中含着泪滴,他们明白,当火车停下的时候,自己也会进入另一个世界。此时此刻,只有父母还在坚强地和孩子嬉戏,每一次对自己孩子的抚摸都伴着一次剧烈的心痛。

车站成了冥河，跨过，就意味着永别。

集中营里还活着的人们开始躲开车站继续自己的生活，原本只有周一才不敢走近的车站，成了生活的禁地。只要没有靠近，只要没有想起，只要还有新来的人可以成为牺牲品，那么生活可以一切照旧，有歌声，有球赛，有欢笑……

只是，这样的日子不会很久了，上帝的“眷念”已经到了尽头。

祈祷吧，那些还活着的“幸运儿”！

九、冷　月

百兽之王的老虎在单独面对敌人的重重包围时，就算是奋力一搏，最终还是会流尽身上的鲜血，更何况现在的德国只不过是一只稍微强壮一些的狼而已。这头狼现在也陷入了被包围的窘境，最可怕的是，他的对手中还有猛虎。

1944年的春天刚刚到来，德军的失败就已经进入了倒计时。苏联战线上的溃败、美国的加入、英国政府和法国流亡政府的奋力还击让德军的身上插满了刀子。那些曾经不可一世的德国铁军，现在已经开始为保卫自己的国家而战。而在这形势逆转的背后，德国政府再也无力去大规模搜捕犹太人了，迪特玛的寒冬也提前来到了。

埃利静静地坐在仓库门口，看着集中营外面的草地。今天是演出的日子，这是埃利第一次没有去看演出，即使礼堂里有他的天使——蜜莉。

黄色的烟渍布满在埃利左手食指与中指间的皮肤上，这段时间，他一直靠香烟来证明自己还算活着，现在，他的生命充满了哀伤和自责。

弗兰克拿着足球从球场回来的时候看到了埃利，他走到埃利的身边坐下，顺着埃利眼睛的方向看了看，说："会有什么比蜜莉更让人陶醉？"

埃利苦笑了一声，丢下烟头，"你就不能不开玩笑吗？"

"但你总不能永远活在自责里吧？"弗兰克说。

"我知道，我什么都知道，可想要过自己那关，哪有那么容易！"埃利垂着头，双手搭在了一起。

"那，那就尝试着冷血一些，尝试去忘记一些，尝试在记住别人之前就转身。"弗兰克把足球抵在背上，靠着足球。

"你做到了？"埃利看着弗兰克。

弗兰克沉默了一会，也苦笑了一声："当然，没有！"

"你总是想为我减轻负担，但是，你这样比我还痛苦。"埃利躺倒在地面上。

礼堂里还是不时地爆发出掌声，那些还在为自己的生命欢呼的人让弗兰克和埃利觉得可悲而又羡慕。

"弗兰克。"埃利拍了拍弗兰克的后背。

"什么？"弗兰克扭过身，看着仰面朝天的埃利。

"如果有一天，我们俩中间的一个必须去死，那该怎么办？"埃利笑着问。

弗兰克愣了一会，问："你想活下去吗？"

"当然。"埃利说。

"那么，让我去死吧！"弗兰克看着远方的天空，说出了这句话。

“那怎么行?”埃利突然坐了起来,“我只是开玩笑的,能够开玩笑,这不是你最希望我做的吗?”

“嗯？嗯!”弗兰克有点心不在焉。

“怎么了?”埃利看着弗兰克若有所思的样子。

“埃利,我总觉得有些不对!”弗兰克沉沉地说。

“你是指什么?”埃利很疑惑。

“今天星期几了?”

“周四了。”埃利回答的时候,似乎也意识到了什么。

“对,除了第一次,新的囚犯是在周四被送进来的之外,其他时候他们都在周三那天被送进来。”弗兰克说。

“可是,也有可能是延误了。”埃利有些惶恐。

“但愿吧,如果明天没有新的囚犯来,那么……”弗兰克的脸也开始露出恐惧的表情。

“不可能,是我们想太多了。”埃利站起身。

弗兰克随即也站了起来,和埃利对视着,然后,弗兰克强挤出一丝微笑,打了埃利的胸脯一下,转身走进了仓库。

埃利则低下头,看着肮脏的地面开始叹息。

考夫曼将军的办公室里,朱利安上尉正在问新囚犯的事情。

“将军,这周新的囚犯怎么还没有进入集中营?”

“不会再有人来了。”考夫曼咳嗽了几声,靠在椅子上。

“什么？出了什么事情?”朱利安问。

“帝国目前的处境不是很好,没有办法再抽出士兵去做那该死的搜捕了。”将军喝了一口桌上的咖啡,定了定神。

“但我们还是要继续我们的任务,把这群犹太杂种送到奥斯维辛吗?”一旁的路易斯上尉走上前。

“当然,命令没有解除,我们只能继续这样做。”将军瞟了一眼路易斯。

路易斯微微点点头,“那我还是会让他们在周五把名单上报的。”

“嗯。”将军摆摆手示意两人出去。

朱利安和路易斯行完军礼后,先后走出了办公室。这一次朱利安和路易斯的表情出奇地一致,充满了担忧,身为德国军人的他们都开始为帝国的将来而祈祷。

周三的夜晚,许多囚室都无法入睡,就像埃利他们一样。不眠是为了等待,是为了不要错过听见新囚犯来到的那一秒。

时间的流逝,伴随着希望的渐小。黑暗的囚室里,没有人知道同伴的表情是什么样的,却知道所有人的心情都是一样的。

周四,又是一天漫长的等待。

这天的太阳很温暖,囚犯们聚集在广场,或坐或躺,每个人都选择用一个最舒适的方式来缓解心中的不安,但脸上呆滞、恐惧的表情却出卖了他们的内心。

一些人的眼睛直直地盯着月台,一些人努力在广阔的空间里去搜寻火车的声音,这恐怕是他们第一次对这里的火车抱着期望。埃利盘腿而坐,手里拿着香烟。弗兰克则一边看着月台的方向,一边用手指抠着地上的泥土,在他的右手边,地面上已经出现了数十个小泥坑。

太阳从东边转到了西边,不时有人叹着气离开广场。埃利则一直坐着,双腿纹丝不动,也许早就已经麻木了吧。傍晚时,朱利安上尉从广场上走过，他很快地从稀稀拉拉的人群里找到了弗兰克。弗兰克抬起头盯着朱利安，希望能从他那里得到一些讯息。朱利安停住了脚步，迅速地躲开弗兰克的视线，背过身摇了摇头，做完这些小动作之后，朱利安径自离开，没有迟疑。弗兰克得到了他并不想要的答案，苦笑着，站起身。天边，红光渐渐散去，云朵由红转黑，再到灰色。

这一夜，又是无人入眠，大家都还在苦苦地等待。但是埃利这个囚室，无法入睡的理由却是即将面对真正的考验——断去自己的手足。

十、永别了，大卫

清晨，当阳光透过窗户照入囚室的时候，众人看到的是一幅奇怪而又在情理之中的画面。每一个人都彻夜未眠，可是昨晚却明明是一个死一般寂静的夜。

埃利的眼里布满了血丝，他环视了一下四周，弗兰克靠着墙壁，手中握着贝壳项链；大卫仰面躺在床上，一只手压在脑袋的下面；荷西则是唯一一个闭着眼睛的人，但他现在却仍然在祈祷。埃利叹了一口气，众人向他投过来渴望答案的眼神。

荷西睁开眼，脸上硬挤出笑容，他轻轻地喊着埃利的名字："埃利，昨晚……"

埃利没等荷西的话说完就站起身，打开门，疯了一般地跑出去。荷西的表情顿时僵住，嘴里"哼"了一声。

弗兰克犹豫了一会，还是跟着埃利跑了出去。

"这算什么？逃避？"荷西说了一句，把床上的枕头丢到了地下。

大卫看着这一切的发生，没有任何举动，还是躺下身。在刺眼的阳光中，可以清楚地看见大卫那不安的呼吸。也只有在阳光下的安睡，才能丢弃少许黑夜里一直笼罩的恐惧。

继续沉默了一会儿，一个甜美的声音响起，“爸爸！”蜜莉走进了囚室。

“孩子。”荷西站起身，抱住了自己的女儿。

“爸爸，埃利选定了……”单纯的蜜莉正要问有关小组名单的事，却被荷西捂住了嘴。荷西朝正闭着眼睛的大卫瞟了瞟，拉着蜜莉走了出去。

“唉！”大卫叹了口气，即便他闭着眼睛，他也明白刚才身边发生的那一幕的含义。“原本只少了你一个人的囚室，现在只剩我一个了。你不觉得这也是一个很大的玩笑吗？你不是最喜欢开玩笑的吗，兄弟？”大卫的眼角渗出了一滴眼泪。

没有了新囚犯的集中营现在显得很空荡，不会再有铁丝网前的喧嚣，不会再有好奇的人四处走动，不会再有顽皮的孩子嬉戏。埃利跑到广场，弯下身，大口地喘着气。原本关押新来囚犯的仓库门口已经上了锁，里面所有的人都已经转移到了车站旁窄小的囚室里，因为周一他们将被全部送上火车。

几只不识趣的麻雀，在广场上叽叽喳喳地叫着，眼睛不时地抬起看看埃利，接着又低下头觅食嬉戏。埃利冲过去，一脚踢散了这群冷血动物，口里大声地喊着：“滚！快滚开！”

这时弗兰克走到了他的背后，“兄弟，别这样折磨自己。”

埃利没有转过身，他蹲下说：“你知道我为什么生气吗？”

“知道，当然，”弗兰克也蹲下，“是因为荷西的话给了你压力对吗？”

“我知道荷西想说什么，老狐狸！”埃利随手拿起一块石头，丢向了不远处的麻雀。

“你也不能怪他，这毕竟关乎着生和死，没有人愿意轻易放弃。你我，不也是这样吗？”弗兰克也捡起一块石头，放在手心掂量着，“他现在唯一能做的，就是表现出对你的友好，来施加无形的压力。”

“那也是最让我痛苦的压力。”埃利捶了捶胸口。

“可是，毕竟已经周五了，你必须有个选择。”弗兰克把手搭在埃利的后背。

埃利抱着自己的头，拼命地摇着。

“我知道你的痛苦，可是现在这个时候，只有你自己能做决定。至少你还能保住剩下的两个人。”弗兰克说完这句话，咬紧了自己的嘴唇。虽然他说的话很有道理，也是这个时候最实际的言语，但这句话也让他的良心不安。

埃利沉默不语，把手掌使劲地压入地面，拿起时，手心满是泥泞。

“那让我来帮你做个选择吧！”弗兰克看着埃利这样，心中很不忍。

“你？”埃利抬起头。

“就从感情方面来做选择，”弗兰克看着旗杆，“你不喜欢荷西，可是你没有办法去选择他，是因为蜜莉，对吗？”

埃利木木地点点头。

“那么就剩我和大卫了，你会选……”弗兰克突然停住了自己的话。

埃利低着头，风吹过他的脸颊，带起了他两鬓微卷的头发，一直将他的头发吹到了他的嘴边，有几根停留在了嘴唇间。

“大卫。”埃利干裂的嘴唇微微动了动，艰难地吐出这个名字。与此同时，他一拳砸向了地面。

弗兰克也微微点头，随即扭过头，看着自己囚室的方向。“对不起，大卫。对不起，埃利，其实，我这样停留在你身边，也是压力不是吗？”弗兰克心里想着这些话，却无法说出口。

一队德国士兵踏着整齐的步伐从两人的身边经过，但两人都保持着自己的姿势，纹丝不动。

弗兰克和埃利回到囚室的时候，已经接近正午。囚室里，荷西正和蜜莉谈着话。看着埃利进来，蜜莉走上前，“埃利，你还好吧？”

埃利没敢抬起头看蜜莉，径自走到自己的床边坐下，蜜莉则马上回头望了望自己满脸冷漠的父亲。弗兰克拉过自己的床铺，床脚在地上磨出了刺耳的声音。弗兰克把床拉近到埃利的身边，在坐下的同时，也挡住了埃利和荷西父女间的视线。

“大卫呢？”埃利问。

“哦，他啊，我们刚回来的时候就没有看到他了。”荷西突然用轻松的口气说。

“什么？你们出去过？”弗兰克问。

“对，我们也是才回来。”蜜莉说。

“浑蛋！”弗兰克的嘴边轻轻吐出这个词，声音小到荷西父女无法辨明。但是，埃利却清楚地看到了弗兰克的嘴型。

“他一定以为，自己已经被抛弃了。”弗兰克对埃利说。

“他不是已经被抛弃了吗？”埃利抱住了自己的头，声音开始颤抖。弗兰克抓住了埃利的手腕，叹了口气。

这个时候，老练的荷西却对女儿蜜莉露出了一个得胜的微笑。

礼堂，很安静，因为今天不是演出的日子，也许再也不会有演出了吧。

大卫坐在最前排的椅子上，抱紧了双膝，眼泪顺着脸颊滴落到膝盖，渐渐地渗入囚衣。

这里，也许是他现在唯一的避难所。今天发生的一切，让他越发地感受到了孤独。他跑到这里，为的是找寻和吉里的许多回忆。

为了帮助蜜莉和埃利，大卫和吉里时常来到这里做着看似很傻却很开心的事情。吉里扮小丑的画面、他和吉里在人群里拼命推钢琴的画面、与吉里在舞台上扮演士兵互相缠斗的画面……一幕幕回忆从脑中闪过，这一刻似乎吉里就在身边。

吉里走了之后，大卫就再也找不到说真心话的人了。虽然囚室里大家都称兄道弟，但是大卫明白，弗兰克和埃利称得上真的兄弟，荷西有天使般的女儿蜜莉，而自己只有吉里。这个只会和大卫抬杠的家伙，却是大卫木讷性格最好的补充。吉里常让大卫开心地笑，常让大卫因为被捉弄而愤怒，常让大卫感受到温暖。吉里的离开，似乎带走了大卫绝大部分的情绪，现在的大卫，回归到木讷，也回归到了孤独。

空荡，意味着安静，也意味着自己的渺小。大卫就在这侵蚀自己的孤独感中，沉沉地睡去。湿透了的裤脚，见证了大卫这半天无声的、绝望的哭泣。

临近傍晚时，大卫还是没有回来。

“别迟疑了，去吧！”弗兰克摇了摇像一尊石像的埃利。

埃利却紧闭着眼睛，不愿起身。

门外,传来了德国军官催促各小组成员交上名单的声音:"该死的,还要我们来催,你们小组的名单呢? 是谁去那个鬼地方?"声音越来越近,埃利痛苦地扭过身,用毯子裹住了头。

皮靴的声音在门口停留了一会,就去了下一个囚室。弗兰克显得十分诧异,他打开了门,"长官,我们这个小组……"

"你们?"那个德国军官转过身,"大卫今天上午已经来过我这了。"

"什么?"囚室里荷西和埃利都起身跑到门口,蜜莉跟在他们背后。

"这浑蛋,谁知道他写了谁的名字。"荷西嘴里嘟囔着。

"他写了自己的名字。"那德国军官说这句话的时候分明带着一种敬意,"他写的是自己的名字。"德国军官又重复了一遍,什么都没再说,去了下一个囚室。

"大卫。"埃利的眼泪又止不住地流了下来,蜜莉的眼眶也红了。

那一夜,埃利和弗兰克苦苦地等着大卫,可是大卫却一直没有回来。

第二天,满脸疲惫的大卫走进了囚室,大家都在熟睡,他叹了口气,倒在床上。

第三天,第四天,大卫没有说过一句话,他时常在饭餐过后就一个人出去。没有人愿意去和大卫接触,不是因为不想缓解大卫的痛苦,而是因为那样做更会加深自己的罪孽和不安。

离别的日子就这样在悄然无声中到了。

迪特玛的车站,大卫头也不回地踏上了月台,身后站着的是满脸沮丧和自责的埃利与弗兰克。

永别了,大卫! 倘使还有再见面的机会,倘使,倘使……

十一、贝　壳

没有人知道帝国的崩塌会是在何时，但也没有人相信帝国崩塌的那一天会在日历里存在。

路易斯上尉又一次走入了朱利安上尉的卧室，这一次，同样没有敲门。

坐在沙发上的朱利安瞟了一眼路易斯，没有驱赶的意思。

“我要走了。”路易斯的脸显得很阴沉。

“干什么去？”朱利安冷冷地问。

“离开这里，奔赴前线。”路易斯找了一把椅子坐下。

“唉！”朱利安听了这句话，转过身，“现在的情况并不好是吗？”

“嗯，应该是的，我别无选择，我是军人，可不想待在这里无动于衷。”路易斯看着窗外，拍了拍胸前的徽章。

“你是在讽刺我吗？说我就是一个没骨气的贵族？”朱利安看着路易斯，虽然他知道路易斯的话没有这个意思，但多年的不和让他没有办法用正常的方式去和路易斯交谈。

路易斯无奈地笑了笑,“待在这里已经没有意义了。”

“你已经玩够了?”朱利安问。

“无所谓玩与不玩了,刚开始,我确实觉得游戏很不错,特别是让犹太人送自己同胞去死的方式,我很喜欢。”路易斯弯下身,用手托住了自己长满胡子的下颚。

“我知道,你很开心。”朱利安随意地抽起身边书架上的一本书,开始翻阅。

“但是,已经够了,我再也忍不下去了。”路易斯说。

“哦,怎么说? 不打算玩完这最后的游戏了?”朱利安的言语始终针锋相对。

“我是军人,不是杀人狂!”路易斯站了起来。

两名上尉对望着,路易斯转过身,“这游戏还是你来继续吧,我宁愿去前线,去做自己最擅长的事情。”走了几步,路易斯停下脚步,“对了,考夫曼将军找你过去一趟,就是现在。”说完大步离开了房间。

朱利安合上书,走向考夫曼将军的办公室。

打开门后,朱利安发现考夫曼将军手捏着香烟,神情很沮丧,而将军桌上的烟灰缸里,已经插满了烟头。

“伯父?”朱利安走到将军身边,拿走将军手中即将熄灭的烟头。

“孩子。”将军抬起头,看着朱利安,突然又把眼睛转到他处。

“怎么了,伯父? 有事情要和我说?”朱利安问。

“嗯。”考夫曼将军示意朱利安坐下。于是,朱利安走到了将军对面的椅子旁。

“伯父,有什么事情,尽管吩咐。”朱利安并不想在这里多浪费时间。

“孩子，”将军叹了一口气，“你的父亲，一个礼拜前在法国阵亡了。”

这句话像是一粒飞速的子弹，直接射透了朱利安的内心。朱利安的脸上立刻显出痛苦的表情，可是他还是忍住泪水，用手死死地攥住了椅子的靠背，“我爸爸，死了？”

“对。”将军又拿起了一支烟，点上后深深地呼出了一口，“他是军人，孩子，听我说，不要太难过！”说这句话的时候，考夫曼将军的声音明显也带着哀伤。

“你父亲很勇敢，他带着自己的队伍和十倍于自己的敌人战斗到了最后，没有一个人投降，没有一个。最后，他们被炮弹……”将军把烟嘴放到嘴里，猛吸着，手指在打战。

朱利安没有说话，只见他正紧咬着牙齿，不敢有一丝的放松。

考夫曼将军摆摆手，“回去吧，孩子，做好自己的工作。还有，这是你的父亲最后寄给你的一封信，唉，这该死的战争，让这封信迟到了一个多月，拿去吧！”

朱利安缓和了一下自己的情绪，慢慢地站直了自己的身体，行了一个军礼，颤抖着拿起那封书信，退出了办公室。

门关上的那一刻，门口传来了一声长长的呼喊，“啊！”

办公室里，考夫曼将军的眼中也开始湿润，他一把打翻了桌上的烟灰缸，烟头撒满了整个桌子。

囚室里，弗兰克正拿着自己的贝壳项链抚摸着，埃利坐了过来。

“喂，这东西你一直拿着，是谁留给你的？”埃利问。

“没有谁，我自己做的。”弗兰克回答，“但是，我的家庭里，每个人都有。”

“你的家庭?”埃利看了看贝壳,“这是最普通的贝壳。”

“不只是我家,每个人都有,这也是我们的风俗。”弗兰克笑了笑。

“但是,我也是犹太人。”埃利不解。

“或许是因为你们融入这里的文化太久了,早就忘记了我们的传统吧?”弗兰克捶了埃利的胸脯一下。

“是吗?”埃利显得很不服气。

“贝壳,意味着大海,从我们流浪开始,我们便没有了家。”弗兰克叹了一口气,“这是我爸爸说的,他说,带着贝壳就像带着信仰和我们的家。”

“那这个贝壳就只是一个象征?”埃利摇摇头。

“那只是过去,现在,我们还用它来……”弗兰克话音未落,就听见窗子外传来了撕心裂肺的呼喊声。

埃利和朱利安循着声音望去,看见一个军官打扮的人冲出了德国军官的办公楼,冲到了广场上停下。

“是朱利安。”埃利说。弗兰克微微点头。

广场上,朱利安跪倒在地上,不停地捶着地面,他大声地呼喊着,喊声中带着眼泪的味道。

这是弗兰克认识朱利安以来第一次看见朱利安失态,他明白,在朱利安身上一定发生了什么特别的事情。

“很难得看见一个军官这样。”埃利说道。

“嗯,也许他失去了自己的亲人。”弗兰克淡淡地说了一句,脑中浮现起自己失去父母时的画面。

十二、与父对望

亲爱的孩子：

我的小朱利安，原谅爸爸还是如此称呼你。也许现在的你在考夫曼伯伯的培养下已经成为了一个真正的军人，但在我的眼里，你依旧还是一个孩子。

我来到法国已经快两个月了，这一次随行的军队很多，也许这次的任务与众不同吧。你知道的，孩子，对于战场，这没有什么可怕的，你也根本无需为我担心，这么多年的枪林弹雨我都经历过了，到最后依旧是毫发无损，上帝总是眷顾着我，胜利总是与我相伴。这十几年的戎装生涯，我获得了无数的荣耀，为了这个国家、为了这个民族，我不畏惧死亡，死亡也不会轻易向我招手。如果说真的有什么让我感觉到遗憾的话，那就是我的那些战友，那些从入伍开始就与我称兄道弟的家伙们大多已经不在人世了；如果说真的有什么让我感到牵挂，那就是你的妈妈，还有你，不知道为什么，我最近特别怀念你母亲做的熏肉，法国当地的熏肉简直无法入嘴。

哦，对了，孩子，考夫曼伯伯最近怎么样？他那“天堂”的计划不知道如何了，这老家伙从来不愿意和我提起，以我对他的了解，恐怕计划进行得不太顺利吧。虽然我也不愿意承认，但在我的心里，我一直认同他的看法。我们是军人，不是刽子手，我们是热血的男儿，不是屠夫，多余的屠杀简直是对上帝的亵渎，作为帝国的高级军官，我们所想的应该是胜利，除了战场还要赢得人民。在那老家伙的指导下，我想你应该懂得了这个道理，或许你只是知道了还没懂吧？原谅我如此直接，你知道你的父亲向来是这样的，如果信件监管处的那些小子敢拆开我的信件，我立马会折了他们的骨头。

谈谈我的现在吧，除了操练基本无事可做，我倒是显得有些懒散了。虽然比不上我们的家乡，但是这里的风光倒也说得过去。闲暇时，我也会和一些老伙计去法国的乡村钓钓鱼。如果继续这样下去，我想我会被逼疯的，但如果真的这样下去，也许又很好。

迪特玛是一个适合你的地方，你不喜欢杀戮，从小就是，但你是军人，就得学会成熟。所以，选择把你放在考夫曼伯伯的身边，我很放心，你也许不必再看到鲜血和尸体了，但你必须把那里当成一个战场，那是帝国的未来，也是你们的未来。终有一天，我的勃朗宁会生锈，我的坦克会被遗弃，但是一颗为国家所活着的心永远不会老。

许久没有和你联系了，因为身处不同的地方，因为身上背负的重担。不过真的很希望战事结束的时候，能与你这小子重逢在家里。喝上一杯波尔多红酒，吃着你母亲做的香肠与熏肉，希望到时候能看到一个不一样的朱利安，一个帝国真正的军官。

发了这么久的牢骚，连我自己都觉得自己啰唆了，这封信简直有点语无伦次。不过，在自己亲爱的儿子面前，总是有许多话想说却不知道从何说起。

就这样吧，以后的路还长着呢，等着与你重逢的那天。

帮忙向考夫曼那老家伙问好，他可是一个小心眼的伯伯，我还希望他能好好教教你呢。

爱你的爸爸

1944年5月3日

十三、交　易

对抉择短暂的逃避随着时间的推进又开始刺痛这里每一个人的内心，弗兰克不再同埃利说话，为的是减少埃利的痛苦。可是弗兰克越是这样，埃利越觉得无法承受弗兰克对自己的理解。

荷西也显得很不安，他每天都会跑出去和自己的女儿见面，回来时总是一脸的惆怅。

这一天，弗兰克去球场踢球，埃利则去车站帮助搬运物资，于是囚室只剩下了荷西父女二人。

“孩子，”荷西的眼中满含泪水，“这一次，真的轮到我了。”

“不，爸爸，为什么？”蜜莉也开始哭泣。

“因为，我比不过弗兰克和埃利之间的感情。”老荷西一屁股坐在床上，把蜜莉拉到身边。

“那怎么办？”蜜莉十分着急。

“没有办法了，孩子。”荷西叹了一口气。

“我去求求他！”蜜莉跪在床边。

“不，没有用，弗兰克一定会千方百计地让我去死，更何况，他占尽了优势。”荷西瞟了自己女儿一眼，此时的蜜莉已经泣不成声。

“我该怎么做？真的一点办法也没有了吗？”蜜莉使劲地揉着自己的眼睛。

“除非……”荷西欲言又止。

“除非什么？”蜜莉像是拿到了一棵救命稻草一样。

“除非，”荷西摸了摸蜜莉的头，“除非给他一个非救我不可的理由。”

“什么理由？”蜜莉急得站了起来。

“不知道，蜜莉，我多想再陪着你久一些，哪怕只有一个礼拜而已。我想，埃利那么喜欢你，一定也和我一样的想法。”荷西看着蜜莉，轻抚着蜜莉的手。

“爸爸？”蜜莉还是显得很疑惑。

突然，门被打开了，埃利走了进来。看到父女二人这样生离死别的情景，埃利很难过，正当他准备退出屋子的时候，荷西却说话了。

“埃利，我现在要去礼堂那边，蜜莉的情绪不是太好，你能帮我陪她说说话吗？”荷西用恳求的语气说。

“嗯？”埃利看了一眼身旁泪眼婆娑的蜜莉，心中一阵针刺的感觉，微微地点点头。

荷西对蜜莉笑了笑，把蜜莉的手拉开，戴上帽子走出了房间。在关上门的一瞬间，他回头看了看蜜莉。

当父亲的身影消失在门缝中后，蜜莉坐到了床上，不住地抽泣着。

埃利走到蜜莉的身边，却又不知道说什么好。“别哭了，蜜莉，能说说发生了什么吗?”虽然埃利明知道蜜莉此刻担心的是什么,可自己又没有别的言语可以去安慰。

蜜莉摇摇头,咬紧了嘴唇。

埃利坐到了蜜莉身边,递上了一条毛巾,他凝望着这个哭泣的天使,一句话都说不出口。

“给埃利一个不得不救我父亲的理由。”蜜莉睁大了眼睛看着埃利,心里重复着父亲的话。埃利紧张的神情,让蜜莉瞬间明白了父亲那句话的含义。蜜莉的表情显得更加痛苦,可是,她却尽量不让眼泪滑落下来。

“蜜莉,你这又是?”埃利显得不知所措。

蜜莉轻轻地把手伸过去,拿住了毛巾,也顺势倒在了埃利的怀里。

埃利感觉到胸口蜜莉的体温,心跳加速不止。蜜莉抬起头看着埃利,下巴不住地在埃利的胸口磨蹭着,像是一只温顺、可爱的小猫。突然,蜜莉抬起头,吻住了埃利的嘴唇,泪水顺着蜜莉的脸颊掉了下来,但此时的埃利已经无法看清。蜜莉开始解开埃利上衣的扣子,埃利的胸脯起伏不止,他无法抗拒蜜莉嘴唇的湿润与温柔,原始的野性开始占据了上风。埃利一把将蜜莉压在身下,开始褪去蜜莉的衣裳,当蜜莉雪白的身体完全展现在他的面前时,埃利的心中充满了幸福感和占有欲。

整个过程进行得如此顺利,蜜莉什么都没有做,只是随埃利摆弄。没有反抗,没有迎合,甚至没有声音。疼痛感渐渐袭来,但蜜莉依然在忍受着,她不想因为反抗而让父亲失去最后的希望。

当这一切结束后,埃利躺在蜜莉身边,大口喘着气。他凝望着这个天使,轻抚着蜜莉的脸颊。

蜜莉转过身,木木地看着埃利说:“这一周,你会选谁?”

蜜莉的这句话，让刚才的幸福感全部消失了，埃利开始有一种上当受骗的感觉。埃利瞪着蜜莉，迅速起身，穿好衣服，跳下了床。

"站住！"蜜莉喊着。

埃利回过头，看见蜜莉指着自己身体上的血迹说，"这些能证明你做了什么？你没有办法改变，你最好记得。"

埃利的脸上充满了愤怒，"你是个魔鬼！"

"无所谓，我只要我的父亲活着。"蜜莉的眼泪又渗出了眼眶。

"浑蛋！"埃利冲上前，一把抓住了蜜莉，高举的拳头却停在了空中。

蜜莉闭上双眼，说："无所谓了，随便你想做什么，打我骂我，甚至再做一次也没有问题。但是，请救救我的父亲！"蜜莉哀嚎着，哭声让埃利无法狠下心来。他放开了蜜莉，捂紧了耳朵，冲了出去。打开门的时候，弗兰克就站在门口。

"怎么了？"弗兰克问，埃利却头也不回地跑开了。

看着埃利离去的背影，弗兰克很疑惑。当弗兰克推开门，看到囚室里正在低声啜泣且一丝不挂的蜜莉时，他明白了一切。弗兰克看了蜜莉一眼，慢慢地关上了房门。

从这一天起，蜜莉每天都形影不离地跟着埃利，不需要言语，她的存在就是对埃利最大的压力。埃利很厌恶蜜莉的这种方式，好几次他都差点想杀了蜜莉。每次遇到埃利和蜜莉，弗兰克总是很识趣地跑开。而弗兰克的离开，又加深了埃利的罪恶感。

周四那天，埃利正准备以要休息为理由赶走蜜莉，但蜜莉却在门口对他说了一句"明天是周五了，我想你知道应该怎么做"。埃利回头瞪了一眼荷西，狠狠地把门砸上。

第二天早上，弗兰克起得很早。他点上了一支烟，看了看正在蒙头睡觉的埃利，轻轻地走过去，把盖在埃利头上的毯子掀起整理好，然后走出了房门。

埃利慢慢地睁开眼睛，看着弗兰克离去的背影，他扭过了头，又把毯子盖在了头上。毯子里传来了轻声呜咽的声音，很轻，但是很悲痛。

广场上，朱利安正和他的卫兵雅尼克在交谈，失去父亲的痛苦让朱利安这几天憔悴得不成人形。他不希望在自己的寝室里表现得太过火，因为在那栋楼里，所有的军官都住得太近了。

“看，长官，是弗兰克。”雅尼克指了指不远处的一个人影。

朱利安回过头，看着走近的弗兰克，“有事吗，弗兰克？”朱利安显得很虚弱。

“你身体，似乎不是很好。”弗兰克走到了朱利安身前。

“还好吧。”朱利安勉强笑了笑。

“我来找你借纸和笔，可以吗？”弗兰克诚恳地说。

“干什么？要写遗书？”朱利安有点疑惑，却还是习惯性地开了一个玩笑。

弗兰克沉默不语，拿起香烟吸了一口。

“是真的？”朱利安得到了肯定的答案，“这一次，他们会送走你？可是埃利和你……”

弗兰克微笑着摇摇头，“无所谓了，反正这里谁都逃脱不了，只是早晚罢了。”

看着弗兰克坦然的表情，朱利安反倒显得很紧张。朱利安点了一下头，示意雅尼克去拿纸笔，雅尼克会意地跑开了。

“你怕不怕？”站在空荡的广场上，朱利安问弗兰克。

“怕，可是又不怕。”弗兰克坐下了。

“嗯？”

“我已经比很多人幸运了，多活了好多年。”弗兰克低下头。

“你真是一个怪人。”朱利安也蹲了下来，这个时候，他已经不在意别人看到自己和囚犯亲密交谈了。“我父亲战死了，在法国前线。”朱利安望着办公楼上大大的纳粹标志。

“那天我看到你一个人悲伤地跑到操场。”弗兰克问。

朱利安微微点点头。

弗兰克拍了拍朱利安的肩膀，朱利安也报之以笑容。这时，雅尼克拿着纸笔走了过来。

“我走了。”弗兰克拿起纸笔，准备离开。

“喂，”朱利安叫住弗兰克，“自己保重，朋友。”

弗兰克转过身，“会的，也祝你好运！”

两人对视了一会，弗兰克向礼堂的方向走去。

“还记不记得我对你说过，我有很多的犹太朋友？”朱利安对雅尼克说。

“记得，当然，那是在奥马尔死了之后，你单独和我说的。”雅尼克看着弗兰克离去的背影，也有些不舍。

“嗯，现在，他也算一个。”朱利安朝弗兰克的背影笑了笑，可是表情又马上僵了下来。

这一整天，弗兰克没有回过囚室。晚上快熄灯的时候，他才回去。进去之后，他看到了表情呆滞的埃利和正在休息的荷西，而在仓库的门口，墙上贴着一张名单，上面写着周一即将被送上火车的人，第八小组选出的成员里写着弗兰克的名字。弗兰克走到埃利身边，蹲下，拍了拍埃利的脸，然后倒在床上进入了沉沉的睡梦。

十四、结　局

弗兰克成为“旅客”前的两天,总是喜欢一个人呆呆地坐在球场上,埃利远远地看着,却不敢走近。弗兰克没有哭,他没有为自己的命运哭,因为他已经做了自己能做到的一切,他已经在命运的眷顾下活得够久了。他正学着奥马尔的样子在慢慢回忆着自己的过去。“既然逃不了,又何必活在对未来的恐惧中呢?对吗,奥马尔?”弗兰克自嘲着,手心紧握着那个贝壳项链。

离别的日子终于到了,弗兰克走到了铁丝网旁安静地等待着,埃利站在他的身边,面无表情。弗兰克环视了一下集中营,现在的集中营将因为这批人的离去而显得更空荡。所有等待的人脸上,满是恐惧和忧伤。火车的汽笛声慢慢响起,德国士兵开始驱赶人群走上月台。

弗兰克转身对埃利说:“我要走了,兄弟。”

埃利木木地点点头,没有说话。

弗兰克突然走上前抱住了埃利，“再见了，兄弟。”弗兰克把贝壳项链挂到了埃利的脖子上，对埃利笑了笑，走向了月台。

埃利的眼泪终于控制不住，流了下来，他很想上前抓住弗兰克，可是脚却怎么也不听使唤。

弗兰克就这样消失在了人群里，火车在塞满了人之后，缓缓驶出。

车轮的“咔嚓”声，就像剪刀一样在绞碎埃利的心，渐渐地，火车走远了，那汽笛冒出的蒸汽就像弗兰克的叹息一样消失在埃利的眼前。

埃利跪倒在地，看着胸前的项链，想着离去的兄弟。弗兰克在迪特玛的故事结束了，如此简单的结局，却也是最让人难过的结局。

“老狐狸，婊子。”埃利心中的悲痛渐渐又被愤怒取代，他站起身不顾一切地冲到了自己的囚室，打开门之后，蜜莉正在帮荷西按摩肩膀。

埃利冲上前，一把把蜜莉推倒在地，“婊子，都是你干的好事。”

蜜莉摸着自己被摔疼的手臂，没有反驳。埃利眼里含着眼泪，他疯了似的抓住荷西。这时，蜜莉从地上爬了起来，死命地抓住了埃利的手。

“放开！”埃利号叫着。

蜜莉摇摇头，埃利右手一使劲，把蜜莉甩出去老远，蜜莉一直后退，最后坐到了弗兰克的床上。

“滚下来，婊子！”埃利放下荷西，向蜜莉走去，“这张床，你不配坐，滚下来，这是弗兰克的。”

“醒醒吧，埃利，弗兰克已经走了！”蜜莉大喊着。

埃利走上前，给了蜜莉一个巴掌，蜜莉娇小的身体在床上倒了下去。

“够了够了。”蜜莉一边哭着一边喊。

埃利一拳砸在了蜜莉眼睛旁边的床板上，俯下身子，大声喊着：“弗兰克，我的兄弟。”

看着悲痛的埃利，蜜莉也觉得对不起眼前的这个男人，她把手搭在了埃利的肩膀上。埃利甩开蜜莉，走到了门口。埃利转过身，对荷西说：“听着，你们成功了，我送走了我的兄弟，我送他去死了。但是，下一个礼拜，下一个礼拜你们就会父女分别了。婊子，别指望我会为了你牺牲我自己，荷西，你等着，你等着坐那趟该死的火车吧。”说完，埃利走出了囚室，留下了一对抱头痛哭的父女。

“命令取消了！”办公室里，考夫曼将军对朱利安说。

“什么？命令取消了？”朱利安显得很吃惊。

“我们几乎无人可送了，不必再送囚犯去奥斯维辛了。”考夫曼将军看了看窗外的集中营。

“什么时候的命令？”朱利安问。

“昨天的命令。”考夫曼将军回答。

“为什么不早说呢，伯父？”朱利安把双手撑在了桌子上。

“你什么意思？”考夫曼将军呵斥道。

“不，没有。”朱利安想起了今天刚刚离开的弗兰克，因为不想看到这样的离别场面，朱利安没有去车站。

“命令说，这是最后一趟火车。”考夫曼将军叹了一口气，“你走吧，把命令传递下去。”

朱利安闭着眼睛平抑了一下自己的情绪，行了一个军礼，走出了办公室。

朱利安径自来到了足球场,这个时候球场的球门边正坐着一个人。

“是埃利吗?”朱利安问。那人抬起头,正是埃利。

“弗兰克走了?”朱利安走到了埃利的身旁。

埃利木木地点点头,他的头发显得很凌乱。

“真可惜!”朱利安叹了一口气,拿出一盒烟,递给了埃利一支。

“我知道,你是个好人,也是弗兰克的朋友。”埃利接过烟点上。

“不,我不单单指这个。”朱利安无奈地笑了笑。

“那你是什么意思?来看我在这忏悔?”埃利瞪着朱利安。

朱利安摇摇头,“不,你没有必要忏悔,这是战争。我不知道你们发生了什么,我只是想说,命令取消了,如果弗兰克没走的话……”

“什么?什么取消了?”埃利站起身。

“今天开出的火车是最后一趟开往奥斯维辛的火车。从下周起,你们不用再担心被送走了。”朱利安冷冷地说。

“什么?”埃利开始大笑起来,突然他的笑容停止了,“浑蛋,为什么?”

“原本,他可以活得更久。”朱利安也点上了烟。

“啊!”埃利抓着自己的头发在球场上开始漫无目的地奔跑,香烟不知道什么时候被甩到了自己的衣服上,渐渐穿透了衣服,烫着皮肤。但是埃利却无法顾及这些,他一直跑着,跑到自己累倒在地上。朱利安远远地看着,没有去阻止这一切。朱利安明白,这个男人一定背负了太多的压力。而朱利安此时,就像是看着弗兰克离开的时候一样,无能为力。

十五、忏　悔

如果你被一个人讨厌，那么最好的方式就是逃避他，更何况这是在战争中，这是一个生命等同于草芥的特殊时期。那么，一个人的时候至少意味着片刻的安全。

弗兰克走了，没有一丝多余的情绪。集中营里，埃利落寞地活着，再也没有兄弟，再也没有理解，剩下的唯一一个小组成员荷西只会让埃利感到欺骗和愤怒。荷西知趣地消失在了埃利的视线中，即便是夜晚，如果没有特殊的点名，他都会在别的囚室度过。当然，现在的迪特玛，空荡的囚室和床铺多如牛毛，因为原先的许多主人都已经失去了生的权利。

埃利躺在自己的床上，眼睛直愣愣地看着窗外。囚室里安静得可怕，这里充满着回忆，但回忆里的人已经不在了。黄昏的阳光透过窗子透射在埃利的半边脸上，埃利的右眼里充满着光晕与白点，而左眼里则是无尽的灰暗。

“啪啪!”有人轻轻地敲了敲门。

“谁?”埃利懒懒地应着。

“我,”一个并不熟悉的声音响起,“我是第三小组的乔西。”

埃利的大脑里迅速地闪过许多人的脸,终于想起了乔西这个人,一个老实憨厚的农民。“哦,是你啊。”埃利缓缓地起身坐下,“有什么事情?”

“就你一个人在啊。”门外的声音似乎有些颤抖。

“是的,一个人,还能有谁?”埃利没有起身的意思,他顺手拿起桌上的烟点燃了。

“那……没事了,我就是路过顺便问问,你继续休息吧!”随即门外传来了慌乱离开的脚步声。

埃利吐了一口烟,房间里原本就不亮的光线显得朦胧了许多。“撒谎都不会的家伙,莫名其妙的问题,肯定是她搞的鬼。”埃利骂了一句,挪了挪身子以便可以看到窗外的情景。果然,埃利看到乔西一溜烟地跑到了仓库外,乔西在一个女人身旁停下,那女人正是蜜莉。埃利恶狠狠地啐了一口唾沫,怒视着窗外的两个人。

“真的没有看到我的父亲吗?”蜜莉焦急地问乔西。

乔西挠着低下的头说:“埃利在那房间,我想他肯定不在那里。”

“哦,”蜜莉咬了咬嘴唇,“谢谢你了,乔西。”

“不,不客气,”乔西偷偷看了一眼蜜莉,脸颊微微有些发红,“现在这里的人已经很少很少了,我们应该互相……互相帮助。”

“嗯。”蜜莉轻轻地答应着,转身离开。

自从埃利走了之后,蜜莉就再也没有看到自己的父亲正常生活过,当然,这里的生活本来就不正常。荷西开始变得惶恐不安,有时候又显得十分焦躁，他的精神一天天衰弱下去，伴着噩梦。

“爸爸，你会在哪呢?”蜜莉默念着朝自己的囚室走去。

路过小礼堂的时候，蜜莉不经意地看了一眼，发现昏暗的舞台上有个身影在晃动，蜜莉猛然醒悟，父亲一定是在那里。

是的，荷西不在这里又会在哪里呢？当人们感觉到孤独无助的时候总会去一个自己无法忘怀的地方增添悲伤，而对于荷西来说，这个地方就是舞台，就是那架钢琴的四周。

“爸爸!”蜜莉快步走入了礼堂，脚步声激荡着这安静的小世界。

荷西慢慢地抬起头，他的脸在夕阳的余光中似乎又苍老了不少，蓬乱的头发、肮脏的衣领、参差不齐的胡楂……荷西用无神的双眼望了望走近的蜜莉，牙关紧了紧，“对不起，孩子，我一定让你担心了吧?”荷西有气无力地问。

“是的，哦，不，我没有担心，就是想见您。”蜜莉走到荷西的身旁，牵住了荷西布满皱纹的手。

“好孩子。”荷西拼命地挤出一丝笑容，然后又把目光转向了舞台下的观众席。

“爸爸，您在想什么?”蜜莉关切地问，“你好像有许许多多的心事。”

“心事?”荷西苦笑了一声，“我好像，好像没有心了。”荷西挣开蜜莉的手，紧捂着自己的胸口。荷西的脸上露出痛苦的表情，与此同时，在微弱的光线下蜜莉发现父亲脸上流出了晶莹的泪珠。

“爸爸!”蜜莉上前一把抱住了荷西，“请您不要这样，你该好好活着!”

荷西摇了摇头，“好好活着？我凭什么好好活着？我，一个大艺术家，一个连生死都看不透的人凭什么当艺术家!”荷西使劲把双拳砸在了琴键上，整个礼堂里顿时充满了刺耳的音符。

蜜莉被这突如其来的情景和声音吓得一怔，但她随即稳定住了情绪，“爸爸，别这样了，这、这就是战争。”

“战争？因为战争就可以出卖自己的同胞？因为战争就可以苟且地活着？因为战争，我就能忽视自己手里的鲜血？”荷西突然哽咽住了，他看着身旁跪着的蜜莉，伸出自己的手轻抚了一下女儿的额头，“我就能够授意自己的女儿去出卖她的身体？”说完之后，荷西也跪了下来抱头痛哭。

“爸爸，别……”蜜莉此时也已经泣不成声了。

“我恨啊，我恨我自己，怎么会让这条老命蒙蔽了我的双眼。弗兰克，弗兰克，你听见了吗？你是个好人，是个很棒的人，可是我……”荷西的五官已经因为激动而扭曲了，“我想要试着让自己变得冷血，可是我真的做不到。我也是人啊，是有信仰的人，我不是杂种，不是没有人性的浑蛋。我这到底是怎么了？”

“嘘，爸爸，”蜜莉使劲地摇着头，“您不能这样，被他们听见了，你一定会死的！”

“死？我原本以为我真的怕死，”荷西的喉结颤抖着，“所以我昧着良心，所以我失去了信仰，可是现在我觉得活着比死还难受！你知道吗？孩子，我现在躲着埃利，不是怕死，不是怕他杀了我，而是因为我每天都活在噩梦里，我每天都能看到弗兰克的笑脸，每次看到他我都会惊醒。即便是在梦里，我都能够感受到弗兰克的善良，他不会害我，不会，可是我呢？我做了什么？天哪！”荷西把自己的头深深地埋下。

“爸爸，我知道你很难过，我的爸爸从来就不是坏人。”蜜莉将自己的父亲搀扶起来。

“不是坏人，但肯定也不是好人了。”荷西无力地答道。

“但是，这是战争！”蜜莉哽咽着说。

“对，这群婊子养的家伙，这浑蛋的战争！”荷西猛然站起身，手指着门外的天空，“这是个人不像人、鬼不像鬼的世界，我们是待宰的羔羊，哈哈，羔羊。”

“爸爸，我们没有能力去改变这些，不是吗？”蜜莉起身，依偎在父亲的怀抱，“只要活着，活着就好。”

“可是这样活着又是为了什么呢？肉体的杀戮已经习以为常了，但这精神上的阉割与折磨，却更加可怕！我们这样活着，倒不如真的死了。”荷西无力地往后一退，撞在了钢琴上。

蜜莉也被带得一个踉跄，但她马上反应过来扶住了父亲，“爸爸，您没事吧？”

“没事，”荷西摆摆手，扭头看到了钢琴，“老朋友，连你都厌恶我了对不对？”

“爸爸……”蜜莉抹去眼中的泪水，可是眼前的父亲她也根本无法安慰。

“孩子，我们对不起弗兰克，也对不起埃利。无论埃利要做什么，打我也好骂我也好，甚至杀了我，你都不可以制止！”荷西的语气十分肯定，这让蜜莉手足无措。

“但现在，老朋友，让我再弹一次吧，为了那些逝去的人，为了那些因为我而死的朋友，为了这浑蛋的战争。”荷西说完在钢琴前坐下，轻轻地抹去琴键上薄薄的灰尘，然后颤抖着按下了第一个音符。

这不是平静的湖面，这是离别的码头，码头的对岸很美，却被乌云所笼罩。那卷积的波浪中，分明是生命最后的哭泣。这是一个人的世界，是一个人与世界的道别……

蜜莉感受到了音符中的哀伤与愤怒,她的手指摩挲着自己的衣角,泪水又止不住地流下。

一曲已尽,礼堂里的回声就好像远去的人们最后的呐喊,久久未停。

“爸爸,您不是还有音乐吗? 爸爸……”蜜莉想用父亲的第二生命来劝慰他,可是话音未落,她就被眼前的情景惊呆了。

“啪!”荷西弹奏完曲子并没有沉浸在哀伤里,而是立刻起身抓起凳子砸在了钢琴上。

“啪!”椅子又一次重重地砸了下去,钢琴的四周现出了裂痕。

“啪!”这一次荷西砸向了琴键,力道很大,有些琴键随着重击碎裂飞了出去,沉闷刺耳的声音瞬间蔓延开来,蜜莉从惊讶中挣脱,使劲捂住了耳朵。

“爸爸,你这是,这可是你的生命!”蜜莉大声呼喊着。

“我的生命?”荷西冷笑一声继续用力砸向钢琴,木屑四溅开来,荷西的虎口也渐渐渗出了鲜血。

“爸爸,够了够了。”蜜莉不顾刺耳的音符一把抓住了父亲的胳膊,随即瘫倒在地。

荷西大口地喘着气,年迈的身躯终于没有支撑住,倒了下来。

“为什么?”蜜莉抚摸着父亲布满血迹的双手。

“因为,我不配当一个艺术家。”荷西冷静了下来。

“可是,您的成就……”蜜莉还想再说,却被父亲冰冷的眼神吓住了。

“成就? 在这样的环境下谈我的成就?”荷西笑了笑,“人,太过于渺小,一生太过短暂,我所能达到的高度太低了,太可笑了! 不过,我一生最大的成就,就是刚才我还能够鼓起勇气弹奏。”

“爸爸……”

“这个音乐会是不是太过于孤单了?”沉重的皮靴声响起,蜜莉迅速起身,暮色中那分明是一个德国军官的身影。

“对不起,长官,我的父亲……”蜜莉低下头瞟了一眼身旁的父亲,但荷西却没有要起来的意思。荷西静静地躺着,就好像刚刚做完一个美梦。

“荷西先生。”那军官走近了些,蜜莉看清了他的脸庞,是朱利安。

朱利安走到荷西的身边蹲下,随手捡起了地上的一个白色琴键,“亲手去毁掉自己的梦吗?”

“我不再有梦了,”荷西淡淡地说,“梦已经死了,在这样一个不应该有梦的季节。”荷西闭上了自己的双眼,“你都听到了?长官,你可以处置我了,我欣然接受。”

“爸爸!”蜜莉惊讶父亲现在的状态。

“你还活着,但你的生命却不只是你的了,还有很多的人把他们的生命寄托给了你。”朱利安环视了一下礼堂,“这里恐怕也不会再有演出了,所以,朱利安上尉决定把这架破旧不堪的老东西砸了,留着它都不如一堆柴火可靠。”

朱利安拍了拍靴子上的灰尘,“我想,你们最好打扫干净这混乱的舞台,马上!”说完,朱利安起身走向了门外,但他并没有径自走出去,而是在门口停住扭过头对这对父女说:“就这样度过你的余生?那些因为你而离去的生命就这么不值得你长久怀念吗?”

“长官,我……”荷西似乎有些明白,但更多的还是迷茫。

“我走了,你是艺术家,不需要我来教你吧。”朱利安微微鞠躬,转身离开。

“如果是你,你应该也会这样对他说吧,朋友!”朱利安整了整头上的军帽,大步走向了球场……

十六、天使的泪痕

时间可以轻易冲淡你所谓最美好的记忆，可是却永远抹不平你心中因为错误而留下的伤害，更何况这道伤痕里还刻着他人的生命。

在与朱利安交谈之后，荷西似乎慢慢恢复了正常。虽然他还是远远地躲着埃利，但却找回了慈祥和安静，他开始热衷于在剩余的人中穿梭，给那些年轻人讲述自己过去的故事，教授一些音乐知识。

对于这些，蜜莉看在眼里，但在蜜莉心中，仍然有一块大石头没有落地。这份不安的心情来自于埃利，那个被自己欺骗过、伤害过的男人。豁然的父亲怀揣的忏悔深深刺痛了蜜莉，她知道，不解开这个结，父亲就无法真正地快乐。

埃利呆呆地站在球场上，倚靠着球门。稀稀拉拉走过的德国士兵也没有驱赶他的意思，毕竟现在的迪特玛生活只是一种形式，无论你怎样活着，都没有特别的束缚。

坑坑洼洼的球场上，还留下一个沾满污泥的足球，没有人会再来踢球了吧，球场，似乎成了一个博物馆，诉说的是这里曾经美好的故事。

埃利点燃了一支烟，缓缓坐下，另一只手不时地拨弄着足球。是的，这座集中营里到处都是埃利对弗兰克的回忆，如果说这里有兄弟，那么弗兰克一定就是埃利最知心的兄弟；如果说生命中能有一位先知，那么弗兰克就一定是埃利生命中的那盏明灯。在原本就闭塞的山村里，埃利从来就是形单影只，即便在集中营的生活中学会了虚伪、坚强，但如果没有弗兰克，埃利就不能保持住自己心中的净土，可能早就与同胞中的败类们同流合污了。

“兄弟，这是你带我来的地方，你曾经将这个足球踢给了我，可是现在呢？你走了，却把怨恨、忏悔和无助留给了我。我是个十足的浑蛋，是个白痴！你早就提醒过我要小心那些为生命不择手段的人们，你也教会了我如何去释放内心的压力。可是，我却把你送上了断头台！你现在一定身处天堂了吧，你这样的人，怎么可能不上天堂呢？你是不是在天堂看着我，对我很失望呢？”埃利将身上的贝壳项链拿了出来，捧在手心端详着，视线也渐渐模糊。

“好漂亮的项链。”一个声音响起，伴随着走近的脚步。

这个声音埃利怎么能不熟悉呢？埃利迅速站起身，将项链收回在衣服里，怒视着眼前的女孩。

“埃利，我……”蜜莉在离埃利很远的地方就停住了。

“哼，站住，我没有话和你说。”埃利冷冷地说。

蜜莉嘴角强挤出一丝微笑，“你好像没有那么愤怒了。”

“愤怒？”埃利慢慢逼近了蜜莉，“我还能不愤怒？哦，或许是我刚才的语气不能够展现出我内心对你的感觉？滚开！”埃利冲到蜜莉面前，两只眼睛里似乎已经快冒出怒火。

蜜莉下意识躲开了埃利的目光，她的手指在衣服上摩挲着，牙齿也紧紧咬住了嘴唇。

“我倒是有点佩服你了，你这个贱女人。”埃利抬起自己的右手，轻轻地摸了摸蜜莉的脸颊，“你知道吗？蜜莉，我曾经在梦里想过多少次可以像现在这样和你面对面，可以这样抚摸你，就好像是真的在恋爱一样。”

“埃利，住手！”蜜莉的眼睛里开始泛出一丝泪光，“这，这不是真实的你。”

埃利的手在蜜莉的脸上停住了，他凝视着眼前这个美丽的女孩，灵魂深处有些许的触动。埃利回过神来，想起了弗兰克，眼睛中突显的善良立刻又被愤怒所遮掩，“啪！”埃利重重地扇了蜜莉一个耳光，蜜莉踉跄着倒下。

“婊子，舒服吗？”埃利蹲下身子，看着眼前这个孱弱的女孩。

蜜莉抬起头，轻轻地抹去嘴角的点点血迹。虽然眼中已经噙满了泪水，可是这个女孩却始终没有哭出声来，只是木然地望着埃利，“如果你觉得还不够，你可以继续打我。”

埃利怒吼着又抬起右手重重地打下去，这一次蜜莉几乎是迎着巴掌，纤弱的身体摆动了一下，又继续撑了起来。

“你还可以打得更重点吗？懦夫！”蜜莉突然大笑了起来。

“浑蛋！”埃利似乎已经失去了控制，他左手一把抓起蜜莉的衣领，右手开始不停地扇着蜜莉耳光。

蜜莉的脸颊渐渐地变得通红，虽然嘴里伴着轻轻的呻吟，但蜜莉一直没有大喊或者大哭。

“这就是你要的答案，你舒服了吗？开心了吗？”埃利虽然嘴里这样骂着，但每一次下手，他都感受到了心痛。而现在他手里攥紧的躯体，似乎在一点点失去力量。当埃利终于精疲力竭的时候，蜜莉已经陷入了半昏迷的状态。足球场上疯狂的这一幕似乎没有引起多少人的注意，路过的囚徒、懒散的士兵，好像发生的一切只是集中营生活的一部分，因为木然，因为失去了心。

埃利仰面躺着，大口大口地喘着粗气。而蜜莉则侧卧着身子，凌乱的头发已经盖住了她通红的脸颊，她的嘴角微微抽动着，伴随着丝丝的血水流出。

“蜜莉。”一个苍老的声音响起，荷西拖着年迈的身体，不顾一切地冲向了蜜莉。在快要跑到蜜莉身旁的瞬间，荷西摔倒在地，可是他却无法顾及伤痛，快速地爬到蜜莉的身边，一把抱住了奄奄一息的女儿。

“孩子，孩子，你怎么样了?”荷西呼喊着，把蜜莉的头埋在了自己的怀中。

“老狐狸，连你也出来配合演这场戏吗?”埃利挣扎着坐了起来，看着眼前的一幕，他很想大声笑出来，可是却笑不出来。

“你……”荷西苍老的脸上露出了怒容，当然，谁看到自己的女儿被别人如此侮辱都会愤怒，即便对于这个人。

“哎呀，手都打肿了呢，真可怜。”埃利故意伸出了自己的右手在阳光中炫耀着。

“孩子，”荷西对埃利现在的行为实在无法忍受，马上把视线转移到了女儿的身上。荷西将蜜莉凌乱的头发整理完毕，又紧紧握住了蜜莉的手。

“好感人至深的父女之情啊，你们这是来嘲笑我这个孤独的人吗?”埃利冷冷一笑，抽出了一支烟哆嗦着点燃。

“够了吗，埃利？”荷西淡淡地说，看着女儿现在的情形，一行老泪划过他布满皱纹的脸。

“怎么样才叫够？”埃利狠狠地啐了一口唾沫在地上，“打你，打她，杀了你或者杀了她又能怎样？能换回我的好兄弟吗？”

“蜜莉，是来替我赎罪的。”荷西颤抖着说。

埃利吐了一口烟圈，漠然地回答：“我知道，我当然知道，来帮你赎罪，再上演一出你们俩相依为命的戏。我的大艺术家，我知道，你从来就只当我是个没用、懦弱的家伙，可以随意玩弄的玩偶。”

“不，埃利，对不起。”荷西本想反驳，可是回想到自己的所作所为，只得无奈地忍受住埃利的谩骂。

“我受够了这样的老词。”埃利摇摇头，顺手把烟蒂扔到了荷西的身边。

此时，荷西怀中的蜜莉渐渐地睁开了双眼恢复了知觉，她缓缓地抬起左手，触碰到了父亲的胡须：“爸爸，你来了。”

“傻孩子，你受苦了，为了我。”荷西的声音夹杂着哭声。

“不，我也需要忏悔，不是吗？”蜜莉坚持着摆出了快乐的神情。蜜莉硬撑起身子望了一眼旁边的埃利，“埃利，我知道，‘对不起’这个词你已经不愿意再听见了，但这是我和我父亲最想对你说的话。埃利，你过去不是这样的，快醒醒吧！”

听完蜜莉的话，埃利内心一震。

荷西抚摸着蜜莉的额头示意蜜莉不要着急说话，他背对着埃利说：“孩子，我已经被这条老命蒙蔽过双眼了，我知道，我是浑蛋，是无可救药犯下弥天大错的人了，上帝肯定不会饶恕我的。可你，孩子，你不能这样一直在仇恨中度过余下的日子吧！我想，弗兰克也不希望你变成这样的。”

“你还可以昧着良心喊出他的名字，”埃利一把揪住了荷西的头发，但随即放开，“你利用了我，利用了你的女儿，你害死了我兄弟，然后再来这里对我说教？”

“我知道现在说什么都没有用了，但我要说，我不是一个没有良心的人，我只是……”荷西紧紧搂住了女儿的身体。

“谁都有生命，都不愿意轻易放弃，可是为什么要把这重担推在我的身上！”埃利呼号着埋下了自己的头。

“孩子，”荷西想要去安慰埃利，可是伸出的双手又缩了回来，“以前那个善良的埃利去了哪里？这是我们无法掌控的命运，不只是你，这里的每一个人都忍受着痛苦。”

“痛吗？麻木了！”埃利抬起头，望着天空。

“你可以继续恨我们，但是，不要轻易地去恨自己。”荷西叹了一口气。

“我已经不会恨了，不恨了，我没有力气去恨了。但是你，还有你的女儿留在我心里的伤口不会愈合，永远都不会！”埃利吼着站起身，快步地跑离了球场。

望着埃利远去的背影，荷西的心隐隐作痛。

“爸爸，埃利回不到从前了，他不会原谅我们了是吗？”蜜莉虚弱地问道。

“也许吧，毕竟他承受的东西太多了，”荷西抹去了蜜莉脸上的污泥，“孩子，今天你真傻。”

“我想替你承担痛苦呢，可是埃利他……”

“嘘！”荷西微微地摇了摇头，“在这样的世界里，谁都在苟活。我们说出了想说的话，可是他无法谅解我们也在情理之中，毕竟是我们把他善良的心摧毁了。”

“嗯。”蜜莉点头应着,有些肮脏的脸颊在阳光中显出了两道深深的泪痕。

十七、自　由

现在的迪特玛，活着的日子并不比死去好多少，但至少还活着。

日出日落，风吹云动，已经对这里没有影响。已不知道时间又过了多久，这里的人只是沉沉地昏睡在忏悔和冷漠中。埃利不会哭了，也不会笑了，只是每天在集中营里漫无目的地行走，寻找弗兰克和其他人的影子，躲避着自己内心的痛苦。

1945 年的春末，一切到了结束的时候。

考夫曼将军呆坐在椅子上，眼前帝国的地图还是和以前一样，只是现在，实际版图的面积已经开始快速地减少。

敲门声传来，朱利安上尉走了进来。

“伯父，您该好好保重身体了。”朱利安走到考夫曼背后，给他披上一件风衣。

“无所谓了，已经无所谓了。”考夫曼咳嗽了几声。

“不，伯父，您不能这么想。”朱利安轻轻地捏着将军的双肩。

“完了，一切都完了，”将军叹了一口气，“对了，你派了多少人去周边加强防御？”

“我派出去了 300 名士兵，这已经是我们的极限了。”朱利安回答。

将军点点头，“这也是我们唯一能做的事情了。”

“战情真的有那么糟糕？”朱利安问。

“嗯，比你想象的还要糟糕，他们早就已经进入了我们帝国的土地。”将军无奈地低着头。

“啊？”朱利安一惊，靠到了背后的窗台。

“而且，还是从两个方向。”将军显得很悲痛，眼泪从这个老兵的脸上滴落。

“伯父。”朱利安想走上前安慰这个长者。

“孩子，”将军拉着朱利安的手，“你一直说，是我让你成为了真正的军人，但其实你根本不是。”

朱利安听完了这句话，反而有些释然。

“孩子，你太善良了，我根本没有办法去改变这一点。我不行，你父亲也不行。”考夫曼拍打着朱利安的手背。

“我知道，我让你们失望了。”朱利安蹲下身，以便将军可以用一个相对舒适的姿势看着自己。

将军摇摇头，“也许，你才是对的。武力，并不能改变一切。”

朱利安看着眼前悲伤的将军，内心的感情十分复杂。

“路易斯也战死了，他死了，说明那些敌人已经离我们越来越近了。”将军接着说。

“什么？”朱利安听到这句话，不敢相信。这个叫路易斯的人，是他在集中营里最痛恨的家伙，但现在朱利安却对他充满了敬意和哀悼之情，因为，路易斯是一名勇士。

将军摇摇头，示意朱利安出去。

朱利安木然地向门外走去，突然，将军叫住了他，“孩子，你知道你父亲一定要你来这儿的理由吗？”

“是因为我的软弱，不是吗？”朱利安回过头。

“不，”将军努力着站起身，“还有一个原因。”

“那是什么？”朱利安看着将军。

“因为，我和他都隐约看到了帝国的失败。”将军露出一个很无奈的笑容，摆摆手，让朱利安离开。

朱利安行了一个军礼，拉开门，退出房间。

正当忐忑不安的朱利安走到楼梯口时，房间里传来了一声枪响。朱利安立在楼梯上，手紧紧握着扶手，眼泪止不住地滑落下来。

突然，集中营里的警报响了起来，随即响起的还有刺耳的枪声。

朱利安冲出大楼，看到集中营外，大批的盟军正朝这里逼近。而德国士兵们正在努力还击，守卫入口的士兵已经有许多倒在了血泊里。

朱利安抬头望了望塔楼，发现塔楼上一点动静也没有。他猜到盟军一定是抓到了俘虏，找好位置预先用狙击枪将四周塔楼上的士兵杀死了。“浑蛋！”想起刚刚才死去的伯父，朱利安怒容满面，他拔起身上的枪，冲进了还击的队伍。

子弹如雨点般倾泻在集中营里，许多士兵还没来得及拿起枪，就被子弹穿透了年轻的生命。

朱利安躲在一个铁桶旁向集中营外射击，门口的士兵已经全部战死。盟军正大批地涌向入口，一个年轻的士兵不顾一切地冲向离入口很近的一挺机枪，但却马上被一名盟军士兵的冲锋枪击倒。雅尼克愤怒地举起步枪,击毙了那名盟军士兵。就在这时,盟军中有人向已经暴露目标的雅尼克投来手雷,躲避不及的雅尼克随着爆炸声,在烟雾中倒下。他的下半身已经被炸得血肉模糊,残留的躯体不停地抽搐着,带着血泡的鲜血从口中涌出。

朱利安已经无法压抑内心的冲动,站起了身。一颗子弹就在朱利安扣动扳机的一瞬间打中了他的眉心,这名因为有着颗善良之心而不配称之为德国军官的年轻人,却以一种最壮烈的方式终结了自己的生命。

枪声渐渐停息,恐惧的犹太囚犯们在盟军士兵的喊话中渐渐走出囚室,聚集在广场上。

埃利走在人群的最后,他四处看着,集中营被涂满了鲜血,但这鲜血却不是犹太人的。埃利一眼看到了血泊中的朱利安,他不顾一切地冲了过去。朱利安睁大了眼睛,仰面对着天空,眉心有一个红色的枪眼。埃利趴在朱利安身边,猛摇着头,开始放声大哭。犹太人也围拢过来,随即一名盟军军官也走了过来。

埃利哆嗦着合上了朱利安的双眼,随即又抱着头伏到地面上。

“他是谁?”盟军军官一边收起手枪,一边问。

埃利抬起头,忍住自己的眼泪,他的喉结微微动了动:“他是一个好人。”

盟军军官迟疑了一会,脱下了自己的军帽……

自由,已经降临。这里的血迹将会被雨水冲刷干净,这里会成为一个很宁静的地方。但留在人们心中的伤痕却没有任何愈合的机会,因为恨,因为爱,因为战争中身边的过客,因为战争中结识的朋友,因为所有活下来的人都承载了他人的生命。

第四章 哭泣的迪特玛

『丁零丁零！』拐角处传来了自行车的铃声，随即，丹尼的身影出现了。

一、梦　魇(3)

“丁零丁零!”拐角处传来了自行车的铃声,随即,丹尼的身影出现了。

弗兰克和蒂娜不住地和丹尼挥手,“这边,这边。”

丹尼停下车,一脸无奈,“干吗?我又没有迟到,是你们俩来得太早了。”

蒂娜嘟囔着,“哼,昨天约定今天去果园玩的时候,你是最起劲的,今天你却是最后一个,你是一个大懒鬼。”

“我…”丹尼一阵脸红,两只小手不知道该往哪里放才好。

“好了好了,蒂娜,别生气了。”弗兰克走到蒂娜的身边,刮了一下蒂娜的鼻子,“他是大懒鬼,你是爱哭鬼。”

“我没有哭!”蒂娜噘着嘴,用水灵灵的眼睛看着弗兰克,“我只是不喜欢等别人那么久嘛!”

“好了好了,不是爱哭鬼,那就是抱怨鬼好了。”弗兰克对着蒂娜吐了吐舌头,随即跑开了。

“站住，弗兰克，你又欺负我。”蒂娜紧跟着弗兰克向果园跑去。

“喂，”一旁的丹尼因为被冷落而显得有些郁闷，不过他很快锁好车，也向山上冲去，“你们，你们等等我啊。”

春天刚到，万物都从沉睡中苏醒。

三个少年冲过草地，脚下还有枯黄，身旁却已满是绿色。山上的树木开始有了嫩芽，虽然稀少，但地上摆动的影子已经足够活泼，就像是这些少年的心情一样。

山腰上，跑累的三人大口地喘着粗气。蒂娜坐到旁边的岩石上，汗水随着她的脸颊滑落。她拿出一块手帕，轻轻地擦拭了额头，然后看了看倒在一旁的丹尼，把手帕递给了他。弗兰克直起腰，望着不远处的小镇，脸上露出了微笑。

冬天过去了，没有了白色的覆盖，小镇显得很安静、很古朴却又带着生气。

“真美！”弗兰克忘情地说了一句。

“你说什么？”丹尼愣愣地看着弗兰克。

弗兰克走上前一步，朝着小镇喊：“你真美！”声音带来了微风，四周摆动的一切，和着回声。

“你疯了，弗兰克？”丹尼摇摇头，撑起身子，靠着蒂娜坐着的岩石。

弗兰克回头踢了丹尼一脚，“你又不是女孩子，你现在的样子啊……”

“怎么了？”丹尼问。

“很女人！”弗兰克大喊着，随即捧腹大笑。

可怜的丹尼摇着头，尴尬地笑了笑。一旁的蒂娜敲了一下丹尼的脑袋，“你要是女孩子，会嫁不出去的。”

“谁要嫁，谁要嫁！”丹尼反驳着。

“就是你，就是你。”蒂娜不依不饶。

“你们真是天生一对，从小就喜欢一起欺负我。”丹尼扭过头。

蒂娜的脸刷地红了，她偷偷地看了弗兰克一眼，没想到弗兰克却走过来说：“不对，我时常是连蒂娜都一起欺负的。”

“哼。”蒂娜一把抓过丹尼手中的手帕，使劲地揉着。

远处传来了汽车的声音，丹尼踮高了脚，看着山中的公路。

一辆黑色的小汽车从山间的公路上驶出，在阳光毫无保留的映衬下，汽车闪闪发亮。连距离汽车很远的三个孩子都觉得刺眼。

“它才叫作美！”丹尼回头望了望弗兰克。

“这有什么？有什么能比诺亚更美的？”弗兰克嘴上和丹尼打着仗，眼睛却也瞟着那辆黑色的汽车。

三个孩子都乖乖地安静下来，脖子随着汽车的移动而转动着。

“我以后一定会努力工作，将来也买这样一辆小汽车。”弗兰克憧憬着。

“那，我能坐吗？”蒂娜看着弗兰克。

弗兰克摸了摸蒂娜的头，“当然可以了，蒂娜可是一直很乖的。”

蒂娜满意地点点头，丹尼靠了过来，“那我呢？”

“你啊，”弗兰克迟疑了一会，“我会叫你来帮我洗车的。”

“浑蛋！”丹尼开始追打着弗兰克，弗兰克拉着蒂娜做挡箭牌，和丹尼玩起了拉锯战。

三个孩子打闹着，笑声和着风声，在这初春的树林里四处飘动。

汽车里，两个穿着军装的中年人坐在前面，一个调皮的小男孩将双脚蜷在车座上，手中在摆弄着一个木偶。

“朱利安，”副驾驶位置上的中年人回过头，“爸爸和你说过多少次，别把脚放在车的座椅上，你这样会把考夫曼伯伯的车子弄脏的。”

小男孩瞪了父亲一眼，“伯伯都没有心疼，你倒是很在意哦。”小男孩一脸不满，把脚放了下来。

男孩的父亲苦笑着摇摇头，对身旁的中年军官说：“这孩子，调皮得让我觉得头痛。”

“男孩子嘛，”那名中年军官从反光镜里看了看小男孩，用慈祥的口气说：“小时候调皮是应该的，不过长大了，朱利安可得成为一个有用的人。”

小男孩把木偶丢在一旁，趴在了军官的座椅上撒娇地说：“朱利安已经长大了。”

“那，小朱利安，你以后想做什么呢？”那中年军官问。

“我？”朱利安想了一会，抬起头，“嗯，我想和爸爸还有伯伯一样，成为一名军人。”

“那可不行。”中年军官微笑着摇摇头。

“为什么？”小男孩在父亲和伯伯中间探出脑袋，盯着自己的伯伯。

“因为我们的朱利安太胆小了，连蚂蚁都不敢碰。”随即，那名中年军官大笑起来。

小男孩很不服气，一把抓住了中年军官的胡子。

“你在干什么，朱利安，伯伯在开车呢。”男孩的父亲扭过身，把小男孩抱起，丢回了座位，自己却和那名中年军官一样笑了起来。

小男孩嘟着嘴，不想和父亲、伯伯说话。他的眼睛直勾勾地盯着车窗外山上的一片小树林。小树林里,有几个孩子正在追逐打闹,笑声一直传到了车内。小男孩的心情也因为这些天真纯洁的笑声一下子好了起来。他摇下车窗,朝着山上的孩子们挥挥手。与此同时,他发现了小男孩的那些孩子们,也用力地挥了挥手。

“你好!”山上的孩子喊着。

“你们好!”小男孩也伸长了脖子,冲着山上大喊……

汽车快速地移动着,沿着弯曲的道路,经过了宁静的诺亚小镇,朝着太阳的方向驶去,渐渐地,消失在了山间,消失在了孩子们的眼眸里。

二、如果……

如果在这个世界上并不存在战争……

弗兰克应该继续待在那个叫作诺亚的小镇上，经营着父母的商店，不管这个曾经的大男孩会花上多少时间成熟起来，但至少他的父母已经喝上了他亲手煮制的咖啡。弗兰克和蒂娜的故事应该就像是约定好的一样，两小无猜，牵手相爱，然后有了茱迪，而茱迪也会成为坐在秋千上无忧无虑、自在舞动的新主角。丹尼叔叔会时常给小茱迪送来甜品，当然，丹尼组成的新家庭也会融入这个院子。于是，秋日的午后，这里会充满孩子的笑声，一张桌子，一把椅子，一份报纸，一杯咖啡。

埃利默默地守护他的田野，开心地收获着他的土豆和小麦，他会静静地等待着一个属于他的天使到来，滚烫的汗水，芬芳的空气，一双沾满泥土的皮靴，一座安宁的木屋。

大卫还是会准时换上布满油污的工作服，每天游荡在他熟悉的车间，注视着轰鸣的机械，像照顾孩子般细心检查着机械。领薪日这天,大卫会用辛勤换来的工资买上一整条大大的黄油面包,给家里人带来一个简单却快乐的夜晚。

吉里终日无所事事,依旧一身的混混气息,穿梭在闹市之中。看见漂亮女孩的时候,他会兴奋地打着口哨;看见富家子弟时,他会上去点头哈腰;如果遇到领薪日的大卫,吉里眼里注视的肯定只有那条大大的黄油面包。

荷西从来不会停止对艺术追寻的脚步,对音乐的热爱让他保持着一颗年轻的心。即便有那么一天,荷西再也弹不动了,他也会在自己的住所旁租上一间阁楼,教书授业。如果可以,荷西会希望在那群拥有音乐梦想的人当中寻找到一位自己满意的后继者,不只是为了继续音乐梦想,更是为自己亲爱的女儿蜜莉寻找到一个依靠。

奥马尔对奥瑞的愤恨只会更深,这个挥霍无度、自命不凡的败家子会时不时地来到奥马尔居住的小屋里对艾丽娅大呼小叫。奥马尔自认为一旦自己没钱了,奥瑞就不会再来骚扰自己,但他却不可能意识到奥瑞多次“不知廉耻”的到访只是因为一份愧疚,只是因为他想知道自己的父亲过得好与不好。

如果他们之间并不是仇敌……

朱利安和雅尼克会放心地脱下自己的军服,在球场上与自己的犹太朋友们一较高下,他们会使尽浑身解数去赢得胜利,也会在比赛之后给对手送上一个大大的拥抱。朱利安依旧胆小,会因为小事受到父亲和伯父的嘲笑,但至少他会拥有一个真正意义上完整的家。

考夫曼或许还是会成为将军,因为他无法抹去的野心。他的当权,会让许多人的日子不好过,但至少,他不会妄想着去消灭一个民族的灵魂。

路易斯一定是一位称职的军官，他会在训练中狠狠地去踢士兵的屁股，也会叼着香烟，对与他为敌的人怒目相视。即便士兵们手中的钢枪已经慢慢生锈，他的枪也会一直锃亮，等待着出膛。

如果没有迪特玛集中营……

弗兰克、埃利、大卫、吉里、荷西和蜜莉，他们也许会在某一天，在自己最痛苦的记忆中终结自己的生命。

朱利安、考夫曼、雅尼克和路易斯，他们也会在某一天，在自己最悲壮的记忆中战死沙场。

如果没有死亡的列车……

没有死亡的列车，那么终点也就不是死亡。但弗兰克他们又会如何继续自己的生命？肉体活着，精神却消亡？真的如考夫曼所想的一样，他们会在相对安逸的环境中失去了自己的民族意识而成为行尸走肉？至少，活着，没有钩心斗角、你死我活，大家会手牵手在解放日的那天昂首走出迪特玛，昂首开始自己新的生活。

没有了死亡的列车，“战时天堂”的计划就会一直延续下去，是成功还是失败？

如果吉里没有登上那趟列车，如果大卫没有登上那趟列车，如果埃利承受住了心灵的谴责选择让荷西登上那趟列车，如果“死亡列车”可以提前停运，如果朱利安鼓起勇气保护了弗兰克，如果盟军可以提前来到这个“灵魂的坟场”……

如果……

但这一切，都只是如果。

三、哭泣的迪特玛

远处教堂的钟声传来,5 月的迪特玛,有绿树、绿草、潺潺的流水。已经拆除了铁丝网并填平了沟壑的迪特玛集中营,是如此的安宁。广场的旗杆下,一群麻雀在叽叽喳喳地嬉戏,偶尔有工作人员走过,惊起一片灰色。

大门口,一名年轻的老师正带着他的大一学生走进了这个曾经有过许多故事的地方。学生们拿着笔记本,听着导游的介绍,不断地在本子上记录着历史的辛酸。他们走过仓库,进入囚室,用平静的步伐赶走了广场上的精灵;他们驻足礼堂、厨房,感受着这个地方囚犯们与众不同的生活。现在,他们在导游的指引下走向了集中营北部的那个球场。

球场上,一名头发花白的老人正靠在一个石柱上闷头吸着烟,他的眼里满是悲伤,满是黑暗。

"看来,不需要我了。"导游望着那个老人,对女教师说。

"为什么?"女教师有些不解。

“你们去找那个人吧，他是这个集中营幸存下来的犹太人，他能告诉你们更多的东西。”导游的脸上露出了满带敬意的微笑。

“他叫什么？”女教师问。

“他叫埃利！”导游说完，示意大家先等一会，自己则跑到了老人身旁，和老人交流着什么。

“看来你们今天很幸运，能学到更多的东西！”女教师转过身，摸着一个女生的头对大家说。

不一会，导游跑到了众人身边，示意大家可以过去了。

学生把老人围在中间，等待着老人说话，可是老人依旧吸着烟，没有说话。学生们也没有催促，他们尊敬这个叫“埃利”的老人，静静地等着他开口诉说这里发生的一切。

“你们这些年轻人还愿意来到这里回望过去，真的很让我感到开心！”老人放下手中的烟，长长地吐出了一口，示意大家坐下，“生命，真的是这个世界上最珍贵的东西。可是这东西在战争年代或许一文不值，它的价值就等同于一颗子弹，或者一个签名而已。”

老人倚着石柱，望着因为有乌云而显得灰暗的天空沉沉地说道：“你们有沿着集中营外的铁轨走过吗？那个铁轨曾经送走了太多人的生命，而这里虽然没有多少杀戮，却也是屠宰场，迪特玛是生命的中转站，终点就是死亡。”老人闭上了眼睛，学生们则都不约而同地放下了手中的笔，虽然只是几句话，他们已经深受老人的感染，因为这不同于那些年轻导游口若悬河的背诵。

“我想，这里很多的资料你们都可以拿到，我刚才说的也都是些没用的话，不如，我就来谈谈自己的故事吧！”老人挪动了一下身子，盘膝而坐，“战争结束20年了，可我却依旧选择这保留着可怕回忆的地方。因为，我很愧疚，我愧对自己这一生最好的一个兄弟，我亲手把他送上了死亡的火车。”学生中开始有一些骚动，不过马上平息了下来。老人苦笑了一下，“一定让你们大吃一惊对不对？但那是事实。以前，我常常一个人呆坐在这里，自我忏悔，自我祷告。20年了，今天，我把自己的忏悔说出来，我不愿憋在心里，那样很累。”老人的眼里闪着泪花。

老人哽咽了一下，“他叫弗兰克！”

女教师突然问道：“他，叫弗兰克？”

老人笑了笑，“这个名字我不会记错，也不能记错！”

老人开始从自己进入集中营的第一天说起，自己在集中营里的过往、朱利安上尉、还有他的那些小组成员——吉里、大卫、荷西。老人不住地抽着烟，不住地把烟蒂塞到身旁的布包里，不住地看着天空，擦拭自己的眼眶。

“那个叫朱利安的德国军官真的不简单！”一个学生说道。

“是啊，真不简单！其实，战争中我们的生命脆弱得可怕，而那些德国士兵们，就好像一群饿虎一样。直到你活下来的时候，你会发现，原来所有的生命都是一样的，谁都有感情，谁都是人，而不是机器。朱利安上尉在战争进行的时候就得到了我们的理解，可在战争结束的时候，他却没有因为我们而活下来。但这就是战争，生与死只是一瞬间的事情，他就葬在那里。”埃利指了指西面，“他就葬在集中营的附近，我也常常会去看他，我们从没有说过我们是朋友，也只有在他的坟前，我才能安静地和他说说话。”

“那弗兰克呢？你到现在都没有谈起他的故事。”女教师问。

老人又点上了一支烟，“还记我说过荷西有一个女儿叫蜜莉吗？后来，我爱上了那个叫蜜莉的女孩子。”

“然后呢?”学生们问。

“后来的事情……你们知道,集中营开始大批地将囚犯送到奥斯维辛,那是死亡的终点。而每一个登上火车的人,他们都是由各个小组的组长指定的,我是我们小组的组长,也就是那个亲手将同胞送上火车的刽子手。”老人埋下了头。

“但这也是被迫的,这也是战争!”一个女学生安慰着老人。

老人微微点点头,“是的,我们也常常这样说服自己,可是那些人的生命终结的确和我有关,这是历史,无法改变。第一趟火车开出的时候,吉里因为不知道目的地,加上他性格的驱使,选择了离开。后来,不断地有新人补充进来,我们余下的四人由于已经相熟,就不断地把那些才进集中营一周的新人送出去。一直到了战争最后,再也没有人被送进来了,而那个时候,我们已经知道了这趟火车的终点叫作死亡。”

“于是,弗兰克牺牲了自己?”有学生好奇地问。

“不,牺牲自己的是大卫!那一周,我们不得不从四人里选出一个登上火车,荷西年老,我们没有考虑他,加上蜜莉的原因,我更不可能去选择。我很怕死,我是组长,我也不可能把自己的名字写进去。大卫和弗兰克,只剩下了一个选择,我和弗兰克很要好,可是我也不愿意白白牺牲大卫的生命,最后,是大卫自己站出来牺牲了自己。”老人拿着香烟的手开始颤抖。

“那么接下来就是在荷西和弗兰克之间选择了,对吗?”

“对,而结果你们都猜到了不是吗?我选择了弗兰克,为了蜜莉!”老人开始泣不成声。

学生们都沉默着,没有人能想出任何理由来安慰老人。

“弗兰克,我到现在都记得他离开的时候看我的眼神,没有抱怨，只有无奈，我在他走的时候甚至连和他说一句话的勇气都没有！”老人握紧了拳头捶打着地面，他一头撞在地上，微卷的头发沾到了污泥。

坐在老人身边的学生急忙把老人扶起来，而在其他学生中，很多女孩子开始啜泣，而那些稍显坚强的男孩子则把头扭了过去，不愿看到老人现在的情形。静静的球场上回荡着老人的哭声，声嘶力竭，毫无掩饰。

“我一直想做些什么来弥补自己的过错，可是我没有办法，我甚至不能在他家人和他的坟前和他说一声对不起，为他摆上一颗鹅卵石。”老人靠着石柱，闭上了双眼。

“他有家人？”女教师的眼中也泛着泪光。

“有过，可惜在他面前被烧死了，在慕尼黑附近的一个废弃工厂里。”老人咬紧了牙齿，用这样的方式来控制住自己的情绪。平静之后，老人从口袋里拿出了一个贝壳，“这是他唯一留给我的东西，我一直带着，20 年了，项链的带子断了，可这贝壳，我一直留着。”

“能让我看看这贝壳吗？”女教师走到老人的身边蹲下。

“当然，当然可以。”老人颤抖着把贝壳递到女老师的手里。

女教师站起身来，用泪湿的双眼仔细地观察着贝壳，突然，她说：“20 年了，你一直没有发现这贝壳里的秘密？”

“什么？什么秘密？”老人也站了起来，随即学生们也都缓缓地起身。

女教师擦拭了一下自己的眼眶，从口袋里拿出一个布包，抽出了一根别针，开始在贝壳的开口处拨弄着。所有的人都很惊讶，但都在安静地等待。不一会，女教师从贝壳里取出了一团泛黄的纸条，在手心里轻轻展开。她细心地看着纸条，泪水又经不住滑落下来。

“没有沾到水,保存得真好!”女老师哽咽着,学生们则慢慢地围了上去,想看清纸条上的字。老人则呆呆地站在那里,一句话也没说。

女教师走到老人的身边,学生们自动让开了道,“这是他想对你说的话。”女教师握住老人的手,把纸条塞到老人手中。

老人看了看女教师,静静地走到一边,停住了。没有人跟上去,没有人愿意去打扰。老人缓缓地展开了纸条……

埃利,我的兄弟。你不要为自己的决定难过,真的没有关系。在这场浩劫面前,我们随时都会死去。要么就好好活着,一直活到可以安静生活的那天;要么就一直活到自己觉得可以结束生命的那一天。也许我的生命只能换来你片刻的幸福,但是,至少你幸福过。我已经一无所有,有的只是你这样一个兄弟,这一次我觉得我可以为你踏上火车。不要沮丧,不要懊恼,我明白你的痛苦。可是你和蜜莉的时间也剩下不多了,不要把难得的幸福变成无尽的忏悔。兄弟,如果我真的走了,你就是我生命的延续。你明白的,这是战争,这是战争!真希望你能活到可以安静生活的那天。

爱你的弗兰克

因为纸片必须被塞进贝壳里,字写得很小,加上眼泪的阻碍,老人花了很长的时间才看清所有的内容。看完纸条后,老人跪倒在地,右手紧握着纸条,眼泪顺着脸颊滴落在地面上。

“他希望你好好生活,可是,你这20年里却一直生活在懊恼中,别让他的死变得没有价值。”女教师走到了老人的身边，把手轻轻地放在了老人的后背。

“你为什么知道这贝壳里的秘密？”老人抬起头。

“这是一个习俗，把大海当成家，把贝壳当成家的象征，把对爱着的人想说的话放在贝壳里。”

“他说过贝壳的象征，却从没告诉我最后一句话！”老人小心地把纸条折好，拿出一条手帕将纸条包住，放到了衣服的口袋里，“谢谢你，姑娘，你叫什么？”

“不，是我该谢谢你！”女教师握住了老人布满皱纹的双手，“谢谢你告诉我，我有一个伟大的父亲！”女教师的嘴唇微微颤动着，渐渐地，嘴唇的颤动变成了一个微笑，“我叫茱迪，我的父亲叫弗兰克。”

“你是弗兰克的女儿？”老人不敢相信自己的耳朵。“可是，茱迪她应该，她应该……”

“她应该已经被烧死了对吧？”女教师摇摇头，“我有一个伟大的父亲，也同样有一个很伟大的母亲。那场大火里，我母亲抱着我从楼上跳下，我们一直躲在草丛里，等到德国士兵离去。后来，我们被好心的家庭收留，他们不是犹太人，可他们对我们很好。再后来，我们辗转逃去了英国，直到战争结束，我们才回来。”

“你一直不知道你父亲的消息？”老人也握住了茱迪的手。

“我们一直在寻找，最后在奥斯维辛集中营的遇难名单里看到了他。”女教师的泪水又涌了出来。

“都是我的错，弗兰克！”老人挣脱了茱迪，拼命地捶打自己。

“不，”茱迪一把抱住了老人，“请不要再这样伤害自己，请不要让我父亲伤心。”

老人捶打自己的手渐渐慢了下来,他抱住茱迪开始放声大哭。

"那么蜜莉后来怎么样了?"茱迪在老人的耳旁问。

"她,她也活了下来,现在是我的妻子。"老人忍住泪水,艰难地说出了这句话。

"那很好,那很好。"茱迪的眼泪滴落在老人的外套上,溅起了点点水花,她抱着老人的手更紧了。

学生站在远处,看着这一幕,都用手蒙住了眼眶。

天渐渐阴沉下来,乌云遮住了所有的天空。雨开始降落在这片叫迪特玛的土地上,风停了,只有雨水在地面上汇集起来,流动着。绿叶、绿草开始在视线里变得模糊,却也格外得有生机。不远处,那个德军墓地里,朱利安上尉和其他士兵的墓碑上积满的尘土因为雨水而渐渐褪去;不远处,火车月台上的站牌被洗刷得干干净净,上面写着"迪特玛,生命的终点,新生的开始";不远处,教堂里的钟声又在响起,略带悲伤,可是又透着安宁……

后　记

如果你有一个梦想，是一个看似触手可及的梦想，那当你在心中触碰它的时候一定会伴着阵痛。《迪特玛的眼泪》于我，便是这样。从2009年的完稿、2010年的获奖，再到这三年投稿过程中的处处碰壁，我的内心经历了喜悦、痛苦与麻木的轮番攻击。这部作品也从我眼中的骄傲变成了一扇我不愿推开的门。那个时候，我与我的父亲有过一个约定，如果这本书并不能真正意义上的问世，那么我该寻觅另一条路走下去。

三年后，当我可以真实地触摸这个梦的时候，我发现那些憧憬过的喜悦与快乐突然变得异常的平淡，甚至于感觉到我只是在完成一件日常完成的工作。这不是我的自暴自弃，也并不是我不懂得感恩。我明白，这是因为我应该收拾好思绪继续上路了。

很感谢大学期间刘向东老师、索燕华老师的悉心教诲，很感谢那个给予我无数启迪的“穿越话剧社”和那里的朋友们。对于西祠胡同，那份敢于启用新人参加比赛的魄力我同样深表敬意。

还有很多话想对谭国瑞老师、柯小睡(柯星)和李风华说，在我麻木的时候，是你们用一次次的鞭策与关心支撑着我走了过来。

今天，我推开了这扇门，这份勇气是因为许多前辈们的理解与帮助给予我的。段儒东老师、章灶来老师，他们在三年之后让我又一次重拾梦想。

感谢黄山市文化委员会以及我的工作单位黄山市艺术研究所在我追梦之路上的支持。当然，我还得谢谢我的家人，谢谢他们的陪伴与坚持。

说得太多，谢得太多，确实显得矫情了。不过在自己回望的过程中，这些名字中的任何一个都是切切实实无法割舍的。

明天还在继续，就如同三年前完稿时的感叹一样，一样便好，一样未变。

纪五林

2013年12月24日写于黄山